稀色の仮面後宮
海神の贄姫は謎に挑む

松藤かるり

富士見L文庫

目次

霞《か》王国の歴史には、百年以上に渡り国を治めた帝《みかど》の名が刻まれている。

陽が沈んでもまた昇るように、死しても翌朝には蘇《よみがえ》る。彼がどれほどの血を流しても、体が冷えることはない。そのことから人の理《ことわり》を超えた不死の者――不死帝《ふしてい》と呼ばれた。

不死帝は心を持たず、人を愛さない孤高の存在と伝えられている。『顔《かんばせ》は腹の鏡である』と伝え、誰も信じぬと宣言するように感情を隠す仮面をつけた。これは朝廷や後宮、市井にも広まり、霞の者にとって仮面の着用は至極当然のこととなっていた。

だが永遠に続くと思われた不死帝時代はある時を境に終焉《しゅうえん》を迎える。堅氷のごとき統治は砕かれ、宝座に血が通う。人心を取り戻した霞王国は隆盛を極めていった。

さて、死を超越したはずの不死帝は如何《いか》にして歴史から消えたのか。

彼の名が歴史から消える前、その後宮には奇異なる娘がいた。

娘は歴史の表舞台に立たず、しかし民話にて語り継がれた。誰も愛さぬ不死帝と違い、彼女は国を愛したとも、彼女に向けられた寵愛《ちょうあい》が不死帝時代の幕を引いたとも語られる。

いずれにしても、娘は国家の珠《たま》と讃《たた》えられ宝座のそばにて霞王国を見守り続けた。

国を見守るその瞳《ひとみ》――彼女だけが視《み》える稀色《まれいろ》を映して。

不死帝時代末期。この時はまだ、彼女が視る色に名などついていなかった。

第一章　枯緑の娘

蒼天《そうてん》を掌握したと示すように、霞正城《かしょうじょう》は蒼《あお》く、美しい。

島内のあらゆるものが集い、霞《か》王国の心臓と呼ばれる都。周囲は外敵を疎う如く城壁で囲み、さらに北進するとより高い壁が見えてくる。その向こうに広がるは、細部まで意匠を凝らした壮麗な宮殿、霞正城だ。門前は昼夜問わず篝火《かがりび》が照らし、大勢の衛士が詰めている。霞正城に入れる者は限られていた。

堅牢《けんろう》に守られた霞正城の内部は大きく二つ、外廷と内廷に分けられている。特に内廷の中心には、霞の帝が居住する瑠璃《るり》宮がある。瑠璃色を基調とした荘厳な宮は、帝こそ蒼天の子であると示している。空や海にも負けぬほどの青だ。

その瑠璃宮から離れていく二つの影があった。

「まったく、やってられませんとも。暇ではないのに案内しなければならないなんて」

前を歩く宦官《かんがん》がぼやく。彼は振り返り、娘の姿を確かめるなり眉根《まゆね》を寄せた。

「後宮は不死帝《ふしてい》の園。この者もいずれ尻尾《しっぽ》を巻いて逃げ出すでしょうに。それは明日か、いやいや今日かもしれません。若い娘は夢見がちでいけない。現実を知れば怖がってすぐ逃げ出しますよ」

その語り口にこちらへの好感は微塵《みじん》も感じられない。わかりやすい態度に、娘――董珠《とうしゅ》蘭《らん》は苦笑することしかできなかった。歩幅の大きい宦官に置いて行かれぬよう、早足を意識してついていく。

「後宮といってもただの飾り。不死帝の欲を満たすため美女を置いていますが、不死帝は子を生《な》しませんからね。高官や名家の者にとって後宮に娘を置くことは不死帝への忠誠を示す。いわば人質のようなものですよ。こうして忠義の象徴となった後宮は脅威を抑える。逆心など浅はかな考えはもちろん、侵略を狙う他国にも国力を誇示できます」

不承不承で案内しているといった態度を取るくせ、宦官の口は滑らかに動く。

この霞王国を治めるのは不死帝だ。死を超越するという人智《じんち》を超えた所業によって、この国を百年以上も統治している。その間、不死の秘密を曝《あば》こうとする者は多くいたが、皆してうまくいかなかった。殺したはずが殺せないのである。不死帝は陽と共に蘇りて逆心に誅伐《ちゅうばつ》を与えん。この話が広まるたび、霞の者は不死帝に恐怖を抱いた。

不死帝は人を愛さず、子を生さない。霞正城は最奥に彼の後宮があるが、それは宦官が語るように権威誇示としての場所である。

宦官は再び珠蘭の顔色を確かめた。よくない話を聞かせて若い娘を怖がらせ、憂さを晴らしたいのだろう。しかし思惑《おもわく》と異なり、珠蘭は動じていない。宦官はわずかに顔をしかめた後、不安を煽《あお》るべく言葉を紡ぐ。

「現在の後宮は、家柄や権力を誇示する場となっていますからね――まあ、あなたでは難しいでしょう。たかが宦官の遠縁、それも地方に住んでいたとか。俗世に疎い娘が宮女になったところで役に立ちませんよ」

後宮では、妃《きさき》だけでなく宮女もそれなりの家柄が求められる。貧しい出自の者はよい仕事をさせてもらえないため、珠蘭は素性を偽ってここに来ていた。正体を悟られることはもちろん、協力してくれた者の顔に泥を塗るような真似《まね》はできない。探りを入れるような物言いにも反応するまいと、珠蘭は唇を堅く引き結んだ。

そうして歩くと遠くに門が見えてきた。宦官がこほんと咳払《せきばら》いをする。

「あれに見えますは瑠璃宮と後宮を繋《つな》ぐ――」

「毒花門《どっかもん》ですね」

遮るように珠蘭が言えば、宦官は目を丸くした。地方にいた田舎娘は霞正城の内部を知らないと踏んでいたらしい。それがこのように言い当てたのだから動揺している。

「……まあいいでしょう。それぐらいは常識ですからね」

そこで珠蘭は短く息を吸いこみ、目を伏せた。視覚情報は遮断され、何も見えない。

思い浮かべるのは壕《ごう》で毎日眺めていた海だ。海面は瞬《まばた》きひとつするうちに表情を変えるため、その表情ひとつも逃さぬよう、瞳をじいと見開いて眺めていた。その時の時間経過の遅さ、頭の奥にあるものが研ぎ澄まされていく高揚感。集中すればするほど、海の香りがする。宮城からは遠く、故郷の海の香りだ。

身につけた二つの腕輪に触れながら記憶を辿《たど》る。頭の中にある広大な海の、一滴の雫《しずく》を拾うように。その集中力を持って、欲しい記憶の『画《え》』を拾い上げる。それは枯緑《クーリュー》色をしているくせに細部まで鮮明に描かれていた。

珠蘭は色覚異常を持つため、見えぬ色を探ろうと景色を目に焼き付けているうち、その場のものを覚えるようになった。瞬間記憶能力とも言う。

瞳を開いた。この間、数秒ほど。宦官は珠蘭の様子に気づかず、偉そうな口ぶりを続けていた。その言葉を遮って、告げる。

「霞の後宮では、不死帝の妃に花妃《ファフェイ》の称号が与えられ、彼女たちは宝玉の名を冠する宮を賜ります」

「……ほ、ほう」

「不死帝の瑠璃宮をはじめとし、私が行く瑪瑙《めのう》宮の主《あるじ》は沈《しん》花妃。翡翠《ひすい》宮では伯《はく》花妃、珊瑚《さんご》宮は呂《りょ》花妃。それから――」

珠蘭が流暢《りゅうちょう》に語るものはこれから宦官が語ろうとしている内容そのままだった。これには宦官も言葉を欠く。

彼女の頭にあるのは名称や妃の名前だけではない。一度見た後宮の図がしっかりと焼き付いている。その図を思いだし、そこに書かれている文字を読んだだけに過ぎない。

(これもすべて、兄様のため)

卓越した記憶力が呼び起こすのは、壕から連れ出された日のこと。

それは、董珠蘭の運命が大きく変わる瞬間だった。

＊＊＊

時は遡《さかのぼ》る。場所は霞王国の外れ、海岸の小さな聚落《しゅうらく》。

その地域は海風が吹くため作物の実りは少なく、漁業を中心としていた。華やぐ都から取り残されたような鄙《ひな》びた聚落である。

民居から離れ、朽ちた舟が放棄された浜近くである。海から岸を見上げれば、自然を切り取ったように人工的な四角い穴が空いている。貴重品である玻璃《はり》を使った小窓で、海を望むために設けられていた。そこにあるのは壕だ。

ここに立ち入るには、大きく迂回《うかい》しなければならない。陸にあがり、鬱蒼《うっそう》とした叢林《そうりん》を進む。奥に進むと崩れた大岩があちこちに目立つ。苔《こけ》むした岩に覆い被《かぶ》さった長葉を避けると石窟《せっくつ》の入り口が現れた。そうまでして、壕に至る通路は秘されていた。

石窟を掘削して壕に繋げたのは随分昔のことだ。岩の合間に補強として差し込まれた木材は黴《か》びて黒ずんでいる。手燭《てしょく》を頼りに暗く狭い通路をしばらく歩くと、あたりの岩や土が木壁に変わる。それは壕に切り替わった合図だ。

そうして最奥、ぽかんと開いたその場所に董珠蘭はいた。

海に面した小窓から差し込む光は少なく、薄暗い部屋では灯りがいる。吊《つ》り燭台《しょくだい》の光が生む影はじりじりと揺れ、蠟《ろう》がちびていることを示していた。もうすぐ蠟燭《ろうそく》を替えねばならない。そうわかっていながらも珠蘭は小窓に向けた視線を剝《は》がそうとはしなかった。

海に、一艘《そう》の船が見えている。積み荷は随分と少ない。ここから船が見えてもほとんどは漁船であって、人や荷の少ない船は見たことがなかった。

(不審な船だ。珍しい)

隠されたこの壕を訪ねてくるのは両親ぐらいだ。一日に二度、食糧を運び、身の回りの世話や外の話をして去っていく。ここに珠蘭がいることを知るのは限られた者だけ。そのため不審船が着いたとしても珠蘭に影響を与えるとは考えにくい。珠蘭は動じず、ぼんやりと景色を眺めていた。

(今頃、兄様はどうしているのだろう)

思い浮かぶのは三年前に消息不明となった兄、董海真《とうかいしん》のことだ。

聚落の男はよほどのことがない限り漁師の道を目指すが、海真はいずれ都に出て科挙を受けると思われていた。学問の才があり、その片鱗《へんりん》は珠蘭にも伝わっていた。幅広い分野に探究心を持ち、真偽を問う観察眼に優れている。このあたりの子供は漁の手伝いをするが海真には強制せず、聚落では貴重な書も惜しまず彼に貸した。それほどに期待されていたのだ。

壕より出られない身となった妹を気遣い、海真は足繁《あししげ》くここに通っていた。彼が持ってきたものは部屋に多く残っている。外で手に入れた花や書を手土産とし、持ってこられぬものは画にしてでも教える。貴重な書を読み解けば、それをかみ砕いて珠蘭に伝えた。

（人と人は繫がれる。顔を合わせればわかりあえる。兄様はそう言っていた）

一人で長い時間を過ごす珠蘭を憐《あわ》れんだ兄は様々な話を聞かせてくれた。

外の世界ではたくさんの人と出会うが、全員が善人であるとは限らず、敵意をぶつける者もいる。しかし顔を合わせればいつかわかりあえる。小さなことを積み重ねていけば、人と人は繫がれる――口癖のように何度も、彼が語った言葉だ。兄を慕う珠蘭はその言葉を心に刻み込み、大事にしていた。

（でも、兄様を奪った人がいる。そんな人とわかりあうことなんて、きっとできない）

董海真は三年前に失踪《しっそう》した。

ここにやってきた海真が『珠蘭を残していけないから、俺は都に行かない』と宣言したのが最後だった。翌日から海真は壕に現れず、代わりにやってきた両親から消息不明を聞かされたのだ。

兄が失踪した後、差出人のわからない金子《きんす》が実家に届くようになった。この時世、才人が拐《かどわ》かされて都に連れていかれた話は少なくない。金子が届くとなれば兄もその一人になったと考えられる。だが、兄が都で生きていたとしても一生会うことはない。珠蘭がこの壕から出ることを許されていないためだ。

燃え尽きていく蠟燭になったような心地だ。兄という光を欠き、弱々しく揺らめいた炎は消えるのを待つのみ。

物音がした。物思いに耽《ふけ》っていた珠蘭は我にかえり、あたりを見回す。その音は通路から聞こえていた。

誰かがこちらにやってくる。音の数からして一人ではないが、両親がやってくる刻限には早すぎる。となれば侵入者か。

ここに立ち入る者は限られるため、侵入者が来た時の備えはない。海真が通っていた頃は『女の子一人でここにいるのだから』と心配していたが、侵入者なんて来るわけがないと真に受けていなかった。そのことをひどく後悔する。

武器になりそうなものとして文鎮代わりに使っていた石を手に取る。先端が細く尖《とが》っているためこれならば使えると考えたのだ。

（これを持ってきた兄様も、こんな風に使うなんて考えなかっただろうな……）

想像して苦笑する。これは幼い頃にもらったものだ。珠蘭への贈り物を用意する両親を真似て、兄が海辺で見つけたらしい綺麗《きれい》な石を持ってきた。ただの石とはいえ、贈ろうとした気持ちが嬉《うれ》しくてずっと保管していた。それをこんな風に使う日がくるとは。

珠蘭は石を構えたまま息を潜めて待った。複数人の足音が迫る。

竦《すく》み上がりそうだった。家族以外の誰かがここに立ち入ることが、これほど怖いとは。

土色をした木の壁。ここらは床にも木材を用いているので足音が響く。そして土色の床を踏んで現れた履物は――枯緑《クーリュー》の色をしていた。

「やあ。君が海神《かいじん》の贄姫《にえひめ》に選ばれたという妹御だね」

耳に入るのは気の抜けた声。そして現れたのは、見知らぬ男。

背はすらりと高く、着ている胡服《こふく》は細部まで手が込んでいる上、布地が平民のそれと違う。そして宝飾、腰に佩《は》いた刀の煌《きら》びやかなこと。身につけているものに負けじと、その顔も整っている。やや目尻の垂れた瞳《ひとみ》は甘やかな印象を与え、輪郭や鼻筋までも美しい。

壕に潜む珠蘭には眩《まぶ》しすぎる男だ。いつでも攻撃できるよう石を振り上げていたが、それ以上動かせなくなる。

そんな珠蘭の様子を一瞥《いちべつ》しても、男は悠然としていた。形のよい唇はにたりと弧を描き、珠蘭を嗤《わら》う。

「聞いていた通りに肌が白い娘だ。日に当たらぬと聞いてはいたが、かように白ければ蘑菇《きのこ》にもなれぬなあ。それに勇ましいときた」

「……あの、あなたはどうしてここに」

どこからか珠蘭の話を聞いたらしい。聞き間違いでなければ妹御とも。

男は珠蘭の姿をまじまじと眺めている。その後ろから、別の者が顔を出した。

目の前の男と背丈も髪も似ているのでどういうことかと冷や汗をかいたが、よく見れば違う。年月を経ても懐かしさは色褪《いろあ》せない。その姿に、珠蘭は声をあげていた。

「兄様！」

名を呼べばその顔が綻ぶ。珠蘭へ柔らかな微笑《ほほえ》みを向けた後、董海真はこちらに手を差し出した。

「迎えにきたよ」

三年ぶりに会う兄は、記憶にあるものと相違ない。しかし差し出された手のひらは、たこやまめでごつごつとして、珠蘭の知らぬ年月が刻まれているようだった。

「珠蘭の力を貸してほしい。だから、都にきてくれ」

＊＊＊

壕《ごう》を出てからというもの、光を遮る漆黒の面布《かおぎぬ》を被るよう命じられ、船や馬車に乗る間も景色を見ることは許されなかった。最初は周りの音に集中していたものの疲れてしまって、道中はほとんど寝ていた。

「面布を取っていいよ」

許可が下りたのは壕を出て四日経《た》った頃だった。賑《にぎ》やかな音がぴたりと止《や》んでいる。声の反響具合から察するに、広い部屋にいるらしい。

珠蘭は面布を取った。眩しさに目を細めながらも見渡せば、そこにあるのは、壕とは違いすぎる絢爛《けんらん》たる広い部屋。切り出した石の床に、柔らかな獣毛の敷物《しきもの》が敷かれている。

正面には、黒々とした髪を結い上げ冕冠《べんかん》を被る男が座していた。冕冠には玻璃玉がついた簾《すだれ》がついているものの、これは左右と後方のみ。前方の簾がないのは仮面をつけるためだ。仮面は顔の一部を覆うもので、目と鼻と頬の上部にかかる。視界を遮らぬよう目元は穴が空き、目元の穴や仮面の外周は煌びやかな宝飾が埋め込まれていた。着ている龍袍《りゅうほう》は蒼天《そうてん》の子を示す瑠璃《るり》色である。

天に選ばれ、空の蒼《あお》を掌握する者。瑠璃色を許されるのはこの国でただ一人。ここにいるのは霞の帝《みかど》だ。

平身しなければならないのだが、彼が放つ重圧に呑《の》まれ体が動かせない。その手がこちらに向けられていなくとも、喉元《のどもと》を絞め上げられているような錯覚がする。それほどに彼が恐ろしいのだ。

しかし帝は、動けぬ珠蘭を咎《とが》めることはしなかった。手をあげて合図を送る。袍を着た宦官《かんがん》が帝の許《もと》に駆け寄り、その言葉を聞き取った。宦官は珠蘭に告げる。

「董珠蘭だな。ついて来い」

冷淡に言い放つと、こちらの反応を覗《うかが》うことなく宦官は歩きはじめる。珠蘭は不安になりながらも宦官を追いかけた。

珠蘭と宦官が向かった部屋は、玉座の間ほど広くはないものの、床や壁は先ほどと変わらず華美で、中央には瑠璃色の布地を座面に張った椅子がいくつも用意されている。

部屋に入ったところで宦官が扉を閉めた。両開きの分厚い扉を閉めた後、これまた分厚い扉を引き寄せ鍵《かぎ》をかける。二重扉だ。どちらも分厚い作りをしているので、外の音は聞こえない。

「どうぞ出てきてください。戸締まりはしましたから」

すると部屋の奥、屏風《びょうぶ》の裏から男が現れた。胡服から袍に着替えてはいるが、珠蘭を蘑菇などと呼んでくれた男だ。

「やあ妹御。長旅に付き合わせて申し訳なかったね」

男はそう言った後、瑠璃の椅子にどっかりと座る。ここが都であることを疑いたくなる振る舞いだ。

「僕は楊劉帆《ようりゅうほ》。よろしく、白蘑菇《しろきのこ》」

「……まさかと思いますが、その白蘑菇とは」

「そりゃもちろん君のことだよ！　日の当たらぬじめついた場所に隠れていたんだ、白い蘑菇が相応《ふさわ》しいだろう」

初対面から妙なあだ名をつけてくれる。なんて失礼な男だ。珠蘭は苛立《いらだ》ちそのまま、劉帆を鋭く睨《にら》みつける。これに対し、男はにやりと妖《あや》しく笑った。

「へえ。話に聞いていたよりも気が強いね。面白い面白い」

反抗的な態度をとっても意に介さないときた。元の顔立ちのおかげで少し笑っただけでも美しく見えてしまうのも腹が立つ。

部屋に入ってきたのは劉帆だけではなかった。屏風から現れたのは劉帆と異なり煌びやかな飾りをつけた――その姿を眼前に捉えるなり、珠蘭は怯《ひる》んだ。

（あの不死帝が、こんな近くに……）

帝が眼前に、この至近距離にいる。冕冠は外していたが不死帝の象徴である仮面はつけたまま。霞に住む者にとって帝は畏怖の対象だ。

しかし戦慄《わなな》き、後退《あとずさ》りをしたのは珠蘭だけだった。宦官は微動だにせず、劉帆に至ってはへらへらとした笑みを浮かべたままだ。おかしなことである。この違和感の答えはすぐに出た。帝はこちらに顔を向けたまま告げる。

「珠蘭、騒がないで」

馴染《なじ》みのある声だ。はっとする珠蘭の前で、帝が仮面に触れる。後頭部で固く結んだ紐《ひも》を解《ほど》き、仮面が容易に外れぬよう肌につけた米糊《こめのり》を丁寧に剝《は》がす。

現れたのは紛《まが》う事なき、兄、董海真の顔《かんばせ》だった。

「え……兄様……なぜ……」

帝の格好をしているが、兄と同じ顔をしている。

まったく理解ができない。董家の血筋に皇室に関するものは一滴もなく、海沿いの辺鄙《へんぴ》な聚落《しゅうらく》に住んでいるだけ。その兄が、なぜ帝に。状況が理解できず、頭が混乱する。

「これはどういうことですか。その格好はいったい」

「事情を話すから落ち着いて聞いてくれるかい」

宥《なだ》められるも頭は混乱していて冷静になれず、着席を勧められても足が動かない。そんな珠蘭の肩を摑《つか》み、無理やり押しつけるように座らせたのはあの宦官だった。

「早くしてもらわないと困ります。ご着席ください」

「痛っ……」

「史明《しめい》。あまりきつく当たらないでくれ。可愛《かわい》い妹なんだ」

「善処致します」

珠蘭はちらりと宦官を見上げる。その冷めた態度から察するに、珠蘭のことを快く思っていないようだ。強引に着席させたが悪びれる様子はなく、ぷいと顔を背けている。海真が苦笑しながら言った。

「彼は李《り》史明。珠蘭も、そう嫌わずによろしく頼むね」

「……はい」

珠蘭はともかく史明は仲良くする気などなさそうだ。珠蘭の興味は兄に向く。文句を飲みこんで、海真が話すのを待った。

史明を除く三人が着席し、珠蘭の後ろには史明が立つ。海真はそれぞれの表情を確めた後、その口を開いた。

「まずは行方不明の間に心配かけたことを詫《わ》びるよ。連絡できなかったから珠蘭も両親も案じていただろう」

「心配するのは当然です。定期的に金子が届くと聞いていたので生きていることはわかっていました。召し抱えられたのかと思っていましたが……」

「近いものだね。都に送られたところまでは珠蘭の推測通りだよ。俺の場合は、よくある『宦官として売るため』ではなかったけど」

そう言って、外したばかりの仮面に触れる。

「珠蘭。不死帝の名を聞いたことはあるだろう？」

返答に迷った。壕に隠れ住んでいたので人づてに聞いたのみ。珠蘭の知るそれが、一般常識と一致するかは怪しい。

珠蘭の代わりに劉帆が口を開いた。鼻歌でも奏でるような軽快な声音で語る。

「それは霞の心臓。殺しても死なぬ、永遠を生きる不死の帝。たとえ体の芯《しん》を貫かれようとも、翌日には蘇《よみがえ》る」

「本当に死なないのかは、疑問ですが」

珠蘭が渋い顔をして口を挟んだ。不死帝への印象はあまりよくない。

「死を超越するなんて、俄《にわか》には信じ難い話です」

「ははっ。妹御は不死帝がお嫌いか。不死帝は百年以上を生きているが、それは死を超越しなければできないこと。霞が島を統一できたのは、殺せぬ帝に他国が恐れたからだ」

霞にはこんな言葉がある。『不死帝、百年を生き、死を超越す』。百年以上も生き続け、霞を治める不死帝を讃《たた》えたものだ。

昔、この島にいくつもの国があり、領土争いが絶えなかった。霞はわずかな領土しかなく、他国に面する島中心部にあったため、常に侵略の対象となっていた。霞は強国に従属することで細々と名を残してきたが、ついに不死帝が現れた。

武勇を誇る将、卓越した知略を持つ者――それぞれの国が掲げる英雄は不死帝の前に膝《ひざ》をつく。強国をねじ伏せるのは死なぬ霞の仮面皇帝。この話に他国は不死帝を恐れ、従属の証《あかし》として仮面を着けた。不死帝の恐怖は島中に伝播《でんぱ》し、ついに霞王国は悲願であった島統一を果たすのである。

戦火絶えぬ場所であった島は平穏を得ているが、それは不死帝への恐怖によって維持された平和である。他の島へと逃れた者や、不死の秘密を曝《あば》こうと企《たくら》む者はいる。国家転覆を狙う者が不死帝を襲った話は絶えず、しかし蘇りし不死帝が逆臣を誅《ちゅう》する結末は変わらない。不死帝の仮面は割れることなく不穏分子を抑え続けている。

「都から離れたところでは不死帝を気味悪いものだと思うらしいからなあ」

劉帆はそう言って、背もたれにもたれかかる。両手をあげて、ぐいと背を伸ばしていた。しかし、兄の海真が、不死帝の格好をしていたことは納得できない。不死帝とは死を超越したものではないのか。疑わしげに海真が持つ仮面を眺める。

「妹御が言う通り、死を超越するなんて容易じゃない。では不死帝にはどんな仕掛けがあると思う？」

劉帆に問われ、考える。

(百年を生きるなんて信じ難いこと。不死帝は人間ではないと考えるのが妥当。けれど劉帆は『仕掛け』と言っていて、兄様は帝の格好をしていたのだから……)

まるで試されているような心地だ。戸惑いながらも珠蘭は辿《たど》り着いた答えを口にした。

「仕掛けまではわかりません。でも不死帝が人間であることはわかりました」

「うんうん。兄に似て聡明《そうめい》だ」

彼の瞳《ひとみ》が好奇に輝き、愉快だとばかり何度も頷《うなず》く。

「君の言う通りだよ。不死帝は人間。だからこそ仕掛けがある——さて、この仕掛けが気にならない？」

「……それは私が伺っていいものでしょうか？」

「すぐに頷かない慎重さもよいね。この仕掛けってやつは霞の根幹を揺るがす恐れがある重大事項さ。民はもちろんただの宮勤めにも知られていない。これを知る人数など片手で足りるほどだろうね。これを聞けば後戻りできない。壕にも聚落にも帰さない」

兄が帰ってこられなかったのは、この秘密とやらを知ってしまったせいではないか。劉帆はそれを珠蘭にも語ろうとしている。聞いてよいのか判断できず、助けを求めるように海真を見る。彼は申し訳なさそうにうつむいた。

「ごめんね、珠蘭」

兄が言う。

「劉帆の言う通りこれを知ってしまえば戻れなくなる。巻き込んでいいのか迷った。けれど珠蘭でなければ出来ないことがある。元の生活に戻りたいというのならそれでもいい、壕へと送り届けるよ。だけどもしも協力してくれるなら——」

苦しそうに表情を歪《ゆが》める姿から、海真の葛藤《かっとう》が伝わってくる。知ってしまえば戻れず、けれど兄には珠蘭を頼りたい理由があったのだろう。

不死帝の秘密に触れてよいものか、答えが出せずにいる珠蘭に向けて、劉帆が言った。

「君の大切なお兄様もこの秘密を知っているから戻れない。けれど兄を解放できるのは……君かもしれないね？」

にたりと笑みを浮かべた姿は怪しく、劉帆をどこまで信じていいのか判断が難しい。しかし彼の言う通り、兄を解放させられるのだとしたら。

(壕《ごう》にいた時、私のことを一番に考えてくれたのは兄様だった。その兄様が何らかの理由で助けを求めている……ならば、私が救いたい)

兄のため。その思いは悩んでいた珠蘭に答えを与えた。覚悟を決めて頷く。

「教えてください。不死帝の秘密を」

「うんうん。いいことだよ。兄思いの優しい妹だね」

「本当にごめん……でも助かるよ。珠蘭になら安心して任せられる」

珠蘭の意志に任せるとしながらも、海真としては力になって欲しかったのだろう。詫びながらも安堵《あんど》の息をついたように見えた。

そして、不死帝の秘密を語り始めた。

「不死帝は交替制なんだ」

「交替制……つまり、不死帝は一人ではない？」

「妹御は飲み込みが早くて楽だね。霞に住むほとんどの人間は不死帝とは一人だと考えている。ところがこれは称号のようなもの。何人もが不死帝を継いできた」

帝《みかど》は天に任ぜられた子であると霞では伝えられている。帝とは個を指すのだと考えていた。そして不死帝自身もそのことを明かさず、一人のように振る舞っていたのだ。一人ではないと告げられれば、衝撃は大きい。

「わかりやすく言うと、現在の不死帝が死んだら、次の候補が不死帝となる。死んでも代わりがいるということ。つまり今までに何人もの不死帝がいた」

「人それぞれ性格や価値観は異なるはず。同一の人物になるなんておかしなことでは」

「珠蘭の言う通りだよ。人それぞれ異なる価値観を持つ。だからこそ不死帝候補となった者は、現不死帝の側について知識や記憶を共有する。また現不死帝も次の者たちに全ての情報を余すところなく与える。こうすれば代替わりしても齟齬《そご》が減る」

「国を動かすのは不死帝と伝えているけれど実のところは違ってね。仕組みを知る限られた者たちだ。でも不死帝は欠けてけいけない。この象徴はあらゆる脅威を退ける」

不死帝が交替制となれば、殺しても死ななかった謎が解ける。死を超越したのではなく、仕掛けによって超越したと見せかけていたのだ。

そして記憶や知識の共有も納得がいく。候補となった者たちは、『不死帝』という存在になるべく入念な打ち合わせを繰り返してきたのだろう。

となれば――珠蘭は海真の姿をもう一度見やる。聚落にいた頃と違う、華美な召し物は彼が現在どのような状況にあるのかを雄弁に語っていた。

「そのような理由で兄様は不死帝の候補として選ばれ、そして現在は不死帝をされているのですね」

「わかってもらえて助かるよ。その通り、俺は今の不死帝になった」

「ですが、納得いかないことが一つ」

珠蘭は兄の顔を、じいと眺める。

「不死帝というのは、皆が同じ顔《かんばせ》を持つのですか？」

海真の顔は確かに整っているが、それは辺鄙な聚落内での話。不死帝に選ばれるような特徴的な顔とも、また特段に綺麗《きれい》な顔とも言い難い。それに、不死帝が何人も代替わりを経たものだとして、この世に同じ顔を持つ者が何人いるだろう。多少の類似はあれど、周りをだませるほどの完全一致は少ない。

珠蘭の疑問に対し、劉帆が動いた。

「『顔は腹の鏡である』――妹御も聞いたことがあるだろう？」

意味は珠蘭もよく知っている。感情や思考は顔に出るという霞の諺《ことわざ》だ。他人に腹の内を見せてはいけない。この言葉に従い、不死帝は他者に会う時必ず仮面を装着し、皇宮や都の者もそれに倣うようになった。

（でもこの言葉を最初に唱えたのは誰？）

そこで珠蘭は気づいた。はっとして海真を見やる。視線の動きに気づいたらしい劉帆が正解だと告げるように大きく頷き、告げた。

「初めて仮面をつけたのは不死帝だ。彼は国や人のためではなく、自分たちが交替制であることを隠すために諺を作り、仮面は国にとっての常識となった。仮面をつければ目元や鼻筋といったある程度は隠せるからね。あとは、体つきや背丈、輪郭に唇、鼻尖《びせん》などの部位が一致すれば、不死帝候補となる」

「つまり兄様は、それが一致したので不死帝候補として連れていかれたのでしょうか？」

「その通りだ。俺の場合は、鼻孔の形が違うから詰め物をしているのと、口も横長になるように頬と頭の肉を少し吊《つ》っているかな」

多少の差異はあれど工夫でごまかせる程度ならば許されるが、それでもごまかせないものの、例えば背丈や声といったものはどうしようもない。海真はそれらが都合よく一致していたようだ。

「僕は、次の代の不死帝だよ」

飄々《ひょうひょう》と言ったのは劉帆だ。確かに、劉帆と海真は背丈が似ている。

「海真の次は僕だけど、それは妹御にとって最悪の展開だろうからね」

「最悪の展開とは？」

首を傾《かし》げる珠蘭に、劉帆はからからと笑いながら言った。

「海真が殺された時ってことだ。その時は僕が、次の不死帝になる」

「……兄様が、殺される？」

嘘《うそ》であってほしいと願って海真を見れば、認めるようにゆっくりと首を縦に動かした。

「交替制とはそういうことだから。俺が死んだら次は劉帆だ」

「だから言っただろう。妹御にとっては最悪の展開だと。不死帝というのは常に命を狙われる。君の兄はいつ死んでもおかしくない立場にいるんだよ」

めまいがした。兄が不死帝になっていたことはもちろん、そのように命を脅かされているとは。兄の死を想像するだけで、喉元《のどもと》を柔らかなもので絞め上げられるように苦しい。

（三年ぶりに会えたと思えば、こんなことになっているなんて……）

珠蘭にとって、兄はかけがえのない大切な家族だ。

聚落《しゅうらく》では海神の贄姫に選ばれた娘は、陸地との関わりを断つよう隔離した場所で過ごさなければならず、珠蘭もその一人だった。薄暗い壕で孤独に生きる珠蘭を気にかけたのが海真だ。足繁《あししげ》く通い、いつか外に出られる日のためにと様々なことを教えてくれた。

（兄様が聚落に残る選択をしたのは私のせい。私がいなければ、聚落を出ていたはず）

海真が残り続けたのは珠蘭のためだ。珠蘭が足枷《あしかせ》とならなければ、その才覚を遺憾なく発揮していただろう。このような形でなく、明るい未来のために都に向かったはずだ。海真を悩ませ、そうして決断が遅くなったがために拐《かどわ》かされて不死帝となっている。珠蘭を襲うのは罪悪感だ。海真がいつ命を失うかわからぬ状況にさせてしまったのは珠蘭にも一因がある。

「君は兄が死ぬことをどう思う？」

「嫌です」

悩む間なく即座に答える。そんな珠蘭の胸中はお見通しとばかりに劉帆は挑発的な笑みを浮かべた。

「ならば、妹御に手伝ってほしい」

「……手伝い、ですか？　話によります」

「おやおや。でも君は断れないはずだよ——海真を解放できるのは君しかいないからね」

後悔と自己嫌悪に苛《さいな》まれる珠蘭にとって、一筋の光が差し込むような言葉だった。息を呑《の》み、劉帆をじっと見つめる。

「私が手伝えば……兄様は解放されますか？」

「手伝ってもらえれば、ね」

珠蘭は戸惑いから、答えを求めるように海真へ視線を移そうとした。だが、その途中で我に返り正面から劉帆を見据える。

（悩んでいる暇はない。私は兄様への恩を返したい。兄様を救い出す）

決意し、珠蘭は頷く。

「私にできることなら何でもやります。だから兄様を解放してください」

「話はまとまったね。まあ、君が断ることはないと思っていたけど」

劉帆は海真に視線を送る。海真は苦々しい表情をしていた。珠蘭を呼んでしまったことに負い目を感じているのだろう。

「……巻き込んでしまって申し訳ない。珠蘭をここに呼んだのは、信頼できる仲間を増やしたかったからなんだ」

「壕に閉じこもっていた私でお役に立てるのでしょうか」

「ここは謀《たばか》りが多いから迂闊《うかつ》に人を信じられない。でも珠蘭は俺の大事な妹、誰よりも信頼できる。珠蘭には宮女として忍びこんで欲しいんだ。後宮では色々な事件が起きていてね。だからこそ、珠蘭の瞳で情報を集めてほしい。力を貸してほしいんだ」

「わかりました。私にできることなら」

「ありがとう……本当に、ごめん」

海真は珠蘭の手を取り、そこに髪飾りを置いた。銀で作られた花弁の中央に、小さな玉が埋まっている。既に用意していたものだろう。それを渡すなり、海真は告げた。

「明日から、瑪瑙《めのう》宮に行ってもらいたいんだ」

話がまとまったと思いきや、ここまで黙っていた史明がついに動いた。どうにも納得いかないらしい。

「ところで、その女は本当に使えるのでしょうか。ここまで聞いていて、力になるとはどうにも思えません。血のつながりだけで妹を推薦したのでは？」

「どう説明したらいいですかね……こればかりは信じるのも難しいと思いますが」

海真は考えこんでしまった。その間、史明にじとりと睨《にら》まれるのは居心地が悪い。

「妹御。君はその玉が何色に見える？」

それは劉帆からの問いだった。

玉とは先ほどの髪飾りに埋め込まれたものを指している。海真や劉帆、史明はそれが瑪瑙玉であるとわかっていた。黄みの混ざった鮮やかな朱色だ。橙《だいだい》に似ている。

だが、珠蘭にとっては違う。手中の髪飾りを眺め、答えた。

「枯緑《クーリュー》」

枯緑色とは、生気はなく枯れ落ちた葉色のことである。緑とつくが若々しい色ではなくかなりくすんで、茶や土色に近い。ひとたび触れれば砕け散りそうな葉に似ている。

珠蘭にはそう見えている。生気のない土色に近い玉だと。

珠蘭は一部の色を正常に認識することができない。紅色《あか》と緑色が土色のように見え、はっきりと認識できるのは青だけだ。

霞では、女人での色覚異常は珍しいと言われている。しかし珠蘭が生まれ育った聚落では珍しくない。海の色である青だけを正常に認識できることから海神の贄姫として喜ばれ、海に捧《ささ》げるために壕《ごう》で生きることを定められた。

「それだけではないのだろう？　その瞳《ひとみ》は色の代わりに稀《まれ》なるものを得たと聞いている」

劉帆の言葉と共に渡されたのはいくつもの書だ。図面らしきものもある。

「枯緑の瞳は焼き付ける——そうだね？」

試されているのだ、と珠蘭は理解した。短く息を吸いこむと、図面に視線を落とす。そこに描かれている図、文字といったあらゆる情報が、瞳を通じて頭に入ってくる。

枯緑色の瞳が映すのは後宮の配置図。董珠蘭が顔をあげた時、これから飛びこむだろう仮面後宮の姿がその頭に浮かんでいた。

＊＊＊

そして現在へと至る。珠蘭は、劉帆に見せてもらった図面を元に宦官《かんがん》を圧倒していた。

「瑪瑙宮の沈花妃は、他の花妃よりも新参の妃《きさき》。そして瑪瑙宮は他よりも宮女の数が極めて少ない……合っていますよね？」

宦官は唇を噛《か》み、顔をしかめて言う。

「これは随分と詳しいようで。なるほど、史明殿の入れ知恵ですかね」

珠蘭の出自は李史明の遠い親戚と偽っていた。宦官には、史明が呼び寄せた田舎娘に見えている。

「とはいえ、ここは後宮ですからね。知識だけで事が上手《うま》く運ぶと思ってはなりませんよ。田舎娘は所詮《しょせん》世間知らず、宮廷作法のひとつだって満足にできぬでしょう。それに瑪瑙宮は人手が少ない。こき使われて泣き出す姿が目に浮かびますねえ。冷めた態度をとっていられるのも今のうちですよ」

長々とした嫌みにはうんざりとする。珠蘭というよりも李史明に苛立《いらだ》ちを抱いているのかもしれない。遠縁の娘と聞き、日頃の憂さをぶつけているのだ。

毒花門に着いた。柱には花を模した飾りがある。華やかであるはずが陰鬱として見えるのは、この先にある後宮が閉鎖的な場所だからだ。

門が開くと宦官は平然と中に入っていく。この先は女人の園であり、帝《みかど》以外の男は立ち入ることができない。宦官は性を捨てて帝に仕える者のため、ここに立ち入ることが許されていた。

宦官は男しか成ることができない。性を捨てるとは男性器を切り落とすことであり、これは簡単な処置ではない。中には命を落とす者や、後遺症に悩まされる者もいた。しかし、性のない宦官は帝や女人からも喜ばれ、特に見目の麗しい者が好まれた。珠蘭がいた聚落でも、才知もしくは容貌に優れる者が拐かされることはあった。兄の海真も、宦官になるべく拉致《らち》されたのだと思っていたぐらいだ。

毒花門を抜け、白の玉砂利が敷かれた道を歩く。後宮内は緑がたくさん植えられ、池もあるようだ。残念ながら珠蘭は緑と紅の区別が弱く、若々しい緑色をしたそれらも褪《あ》せた枯緑色にしか見えない。

だが不思議なことに、この後宮には花がなかった。

珠蘭は壕に住んでいたとはいえ、兄や両親が外のものを持ってきてくれたので知識がある。書もたくさん読んだ。特に花は土産として持ってきてもらうことが多かった。珠蘭が女人であるため気遣ったのだろう。

その花が、後宮には見当たらない。季節が悪いのかそれとも植えていないのか。

「ああ、やっとですね。あれが瑪瑙宮ですよ」

宦官は不機嫌そうに言った。

見上げれば、そこには御殿が一つ。柱や木材は丁寧な塗りが施され、大きな瑪瑙の飾りが大扉の前にかかっている。瑪瑙宮という名の通りだ。柱などは、珠蘭には枯緑色にしか見えないが、瑪瑙の名にあやかり、おそらく朱色に塗られている。

小さな階《きざはし》をのぼる途中、その横に植えられたものが目についた。

背はすらりと高く、凜《りん》と伸ばした花茎に、釣鐘形の花が密集して咲いている。見ようによっては、その釣鐘形の花がぽかりと口を開けているようだ。美しい花だが、そうではない。この後宮に相応《ふさわ》しい花とは言い難いものだ。珠蘭は花の名を口にする。

「毛地黄《ジギタリス》……毒のある花ですね」

その呟《つぶや》きを聞き取った宦官は振り返らず、しかし得意げに答えた。

「わかっていて植えているんですよ。ここだけじゃありません。花妃の宮はすべて、毒花が植えられていますから」

「毒花を？　それは危険なのでは」

「不死帝は死を乗り越えた存在ですからね。毒に屈することはありません」

毒花を植えるのは後宮内外に向けての示威だ。たかが毒を盛る程度の謀りで、不死帝は殺せないのだと告げている。忠誠心の証《あかし》としてやってきた娘たちは裏切りを許さぬ毒まみれの後宮を恐れることとだろう。

(とはいえ、不死帝の真実を知ってしまうと驚きはないけれど)

不死帝は一人ではないのだから、死を乗り越えていない。知ってしまえば簡単な手法だが、それに気づかれぬよう仮面や毒花など偽りを入念に積み上げていた。

まずは瑪瑙宮の主《あるじ》である沈花妃に挨拶《あいさつ》をする。話は既に通っているらしく、顔見せと数言の挨拶で済むようだ。案内を終えると、宦官は早々に引き上げてしまった。

「わたくしが沈花妃です」

珠蘭の前に現れたのは、妃として選ばれるのも納得してしまうほど、美しい女人だった。髪はふわりと大輪を二つ作って結い上げ、余りは下に垂らす。瑪瑙がついた簪《かんざし》の他、金銀細工の装飾品もつけているが、愛らしい顔立ちの前ではそれらも霞《かす》む。目元はふわりと甘く垂れ、みずみずしくぷっくりとした唇。胸部が襦裙《じゅくん》を持ち上げる様をみるに、平均よりは大きいのだろう。まさしく後宮の妃といった姿である。

「あなたのお話は伺いました。瑪瑙宮はあなたを歓迎します」

沈花妃はそう言った後、口元を扇で隠した。

「けれど瑪瑙宮は優秀な子たちが多いから、あなたにお願いする仕事はないの」

(宮女が少ない宮だから仕事がたくさんあると聞いていたのに?)

違和感が生じる。沈花妃は、珠蘭をなだめるようにふうと息を吐いた。

「いまもあなたにお願いしたいことはないのよ」

話が違う。しかしぐっと飲みこんで、珠蘭は一揖《いちゆう》した。

そこへ瑪瑙宮の宮女が歩み出た。彼女は珠蘭をきっと睨みつけた後、沈花妃に告げる。

「花妃、そろそろお茶会の支度を致しませんと」

「あら。そうでしたね」

茶会の支度となれば、忙しいだろう。後宮の妃が身支度をするとなれば何人も宮女が付くはずだ。そう思って珠蘭も名乗り出る。

「では私も――」

「いいえ。あなたは結構です」

珠蘭を止めたのは宮女の一人だった。

「退出をお願いします。あなたに手伝えることはありません」

有無を言わせないと、珠蘭の腕を無理やりに引いて部屋を出て行く。廊下に出たところで解放されたが、沈花妃がいた部屋は扉が固く閉ざされていた。

＊＊＊

かくして珠蘭は瑪瑙宮の宮女となったのだが――三日経《た》っても仕事を与えられることはなかった。瑪瑙宮のどこに行けども仕事は与えてもらえない。

「あら。またお飾りがいるわ」

「ほんとね。どこの田舎からきているのかしら」

風当たりもよろしくない。何かした覚えもないまま、厄介者として扱われるようになってしまった。廊下を歩けば、他の宮女たちに指をさされ、笑われる。

「あれじゃあ沈花妃も、仕事させたくないでしょうね」

「他の宮にいけばいいのに」

ぼそぼそと聞こえてくる陰口は、気にしないようにしているものの気が滅入《めい》る。

（これなら壕で暮らしてる方が楽だ……）

一人で過ごしていた珠蘭にとって人が多い環境はひどく疲れる。その上、敵意をぶつけられているのだ。針の筵《むしろ》を歩くような心地である。

(けれど兄様を解放するために頑張らないと)

海真を解放できるのは自分だけ。そう奮い立たせて、前を向く。

仕事を与えられないからと座ってばかりいればただ飯食らいになってしまう。仕事がないのであれば自分で探すだけ。今日は廊下の床を拭《ふ》くと決めていた。

そうして床を拭き上げていると、影がさした。また宮女が嫌がらせをしにきたのかと振り返れば、そこにいたのは楊劉帆だった。

「やあやあ妹御。随分と宮女の姿が似合っているようで」

本人は飄々《ひょうひょう》とした態度をとっていたが、珠蘭はというと内心大騒ぎである。後宮に劉帆が来ているのだ。驚きに目を見開く珠蘭に対し、彼は小声で囁《ささや》いた。

「様子が気になって見に来たんだ。宦官のふりをしてね」

確かに今日は薄藍色の袍《ほう》を着ている。史明が着ていたのは濃藍色の袍だった。霞正城の宦官は級位によって袍の濃淡が異なる。劉帆は立場の低い宦官に扮《ふん》しているのだろう。

「海真も来ている。今は沈花妃に謁見しているけどね」

「えっと……それは……」

不死帝として、ということか。まだ太陽も出ている頃からお渡りとは、複雑な気分である。中身が兄だとわかっているからなおさら。

妙な想像をして顔をしかめる珠蘭に、劉帆は笑った。耳に顔をよせ密《ひそ》めいた声で告げる。

「海真も宦官として、だよ。あ、それとも夜伽《よとぎ》のことを考えたのかい？　安心していいよ。真っ昼間からはさすがにねえ」

「安心って……」

「おや、そういう顔をしていただろう」

珠蘭は頬を赤くしながらも、きつく睨《にら》んだ。その鋭いまなざしが届くかというと、からからと楽しそうに笑う劉帆にはいまいち効いていない。

「ご用件は？」

「君に調べてほしい事件があったからその話をしたかったけど――この状況では調査どころではなさそうだ」

状況がよくないことは珠蘭も承知している。何もしていないというのに宮女からの評価はよろしくない。沈花妃も珠蘭を遠ざけている。

「信頼を得るに越したことはないよ。特に後宮で生きるのならば、後ろ盾の一つはあった方がいい」

劉帆の声は、いつもより、少し真剣なものだった。

「沈花妃の信頼を得なければ、この先何もできないと思った方がいい」

「信頼を得ると言われても方法が浮かびません」

「ううん、それは難しいねえ。急《せ》いたところでうまく転ぶものでもないし、寝ていれば好機は通り過ぎていく」

具体案はないものの、信頼を得ることの重要さは珠蘭もひしひしと感じていた。

「ところで、君が持っているそれは何のため？」

「これですか？　水桶《みずおけ》と雑巾ですが」

見てわかるはずだと首を傾《かし》げながら答える。劉帆はまだ怪訝《けげん》な顔をしていた。

「信頼を得るどころか仕事も得られていない君が、それを何に使うというのか」

「仕事がないのなら自分で探してみようかと思いまして」

劉帆は眉をひそめている。珠蘭の行動は彼にとって未知なるものらしい。珠蘭は水桶に視線を落とした。

「私は壕《ごう》で暮らしていたのでどのようにして人の信頼を得ればいいのかわかりません。だからここは、兄から聞いたものを試していくしかないと」

「へえ……それはどんな言葉？」

「『人と人は繋《つな》がれる。顔を合わせればわかりあえる』というものです。小さなことでも積み上げていけば、いつか繋がりますから。歩いてみれば私に出来ることがあるかもしれません。それを繰り返していけばわかってもらえるのかと」

塞《ふさ》ぎ込むのではなく前をむく。目につくところを掃除していけば、よいことに繋がるかもしれない。そう考えてこの掃除道具を借りてきた。

劉帆は目を瞬かせて聞いていたが、そのうちに堪《こら》えきれず笑いだした。

「ははっ。なるほど、海真の言葉を信じているわけか。妹御は実に純粋だ」

「私、変なことを言いました？」

「顔を見せぬよう仮面を推奨するこの霞で『顔を合わせればわかりあえる』なんて言う者は極めて少ないだろうね」

劉帆はひとしきり笑って満足したらしく、慰めるように珠蘭の肩をぽんと叩《たた》いた。

「純粋な君の熱意が通じることを祈っているよ。何年先になるかはわからないけれどね」

馬鹿にされている。だが劉帆の言う通り、霞では『顔《かんばせ》は腹の鏡である』と伝えられている。仮面で隠さなければならない顔を合わせるなど異質な考えだ。

二人の話を打ち切るように、廊下の向こうから人影が現れた。海真だ。沈花妃との謁見は終わったらしい。

「珠蘭。瑪瑙《めのう》宮には慣れたかい？」

「残念ながら、あまり」

この状況を海真も聞いていたのか、驚きもせず「そうか」と低い声音で告げた。

「何か手伝えればいいんだけどな……俺も劉帆も、宦官《かんがん》に扮して来ないといけないから」

「大丈夫です。手伝いはいりません。やれるだけやってみるので」

珠蘭が答えた後、海真と劉帆の表情がわずかに強《こわ》ばった。二人の視線を追えば、そこには宮女がいる。彼女はずかずかとこちらへ割りこんできては、劉帆や海真がいることも厭《いと》わずに、遠くまで聞こえそうな、ぴんと張った声で告げた。

「あら。仕事をもらえないからって、今度は宦官をたらしこもうとしているのかしらね」

彼女の名前は水影《すいえい》と言う。珠蘭は水影があまり得意でなかった。瑪瑙宮の宮女でも、特に悪意をぶつけてくる。わかりやすい嫌みにはじまり、珠蘭の足に棒を引っかけるだの、扉の上部に濡《ぬ》れ雑巾を挟んでおくだの、子供じみた嫌がらせばかりする。

沈花妃に行事の準備を任されたことが水影の自意識を高めていた。頼りにされていると自負し、威張り散らすなど傲慢《ごうまん》な態度を取っている。

海真や劉帆がいるところで水影に会うのは、珠蘭にとってよいことではなかった。

「宦官は尽くすというもの。瑪瑙宮にいながら宦官に現《うつつ》を抜かすなんて浅ましいこと！」

水影はこれみよがしに大声で騒ぎ立てる。通りがかった宮女も足を止めるほどだ。

「おやおや。瑪瑙宮の宮女は元気だねえ。特に口がよく回るようだ」

劉帆がからからと笑って、水影の前に立つ。

「あたしたちは、ちゃんと見張っていますから。少しでもおかしな態度を取ればすぐに追い出さなきゃいけません」

「なんだ、君は珠蘭が瑪瑙宮に来たことが気に入らないのか」

「瑠璃《るり》宮からの推薦でやってきたなんて裏があるに決まってる。こうして宦官と親しく喋《しゃべ》っていることも怪しいってもんじゃありませんか」

「ふむ。聞けば聞くほど、水影の言うことは正しいな。珠蘭がことさら怪しく思える」

劉帆が味方してくれるのかと思いきや、言いくるめられて水影側に回ってしまった。少しは庇《かば》ってくれてもいいだろうに。

しかし呆《あき》れている場合ではない。何とかこの場を収めないと。どうしたらいいかと考えているうちに、奥から人影が現れた。

「何しているんです」

その声は瑪瑙宮の主《あるじ》、沈花妃のものだった。

「水影に海真、劉帆……そして珠蘭。ここに揃って何用です？」

それぞれは頭を低くして沈花妃を出迎えた。まず口を開いたのは水影だった。我先にと口が回る。

「珠蘭が宦官をたらしこんでいましたので、瑪瑙宮の風紀が悪くならぬよう指導していたところでございます」

「宦官をたらしこむ……？　どういうことです？」

沈花妃の視線が珠蘭に移る。咄嗟《とっさ》に否定しようとした珠蘭だったが、かぶせるように水影が続ける。

「ろくな仕事もせず、宦官なんぞに愛嬌《あいきょう》を振りまいているのです。宦官に現を抜かすなど瑪瑙宮の品格が落ちます——ああ、このような薄汚いお話。花妃の御耳を汚してしまい申し訳ございません。どうぞ珠蘭の処罰はお任せ頂ければ」

演技がかったものだ。呆れてしまう。

沈花妃が水影のそれを信じたのかはわからない。ただじいっと、珠蘭と海真の顔を交互に眺めていた。

「……珠蘭」

花妃が口を開いた。

「あなたはわたくしの部屋へ。水影は持ち場に戻ってちょうだい」

水影は何か言いたげにしていたが、沈花妃はこれ以上の話はないとばかりに歩き始めてしまった。慌てて珠蘭も後を追う。

入ったのは花妃の部屋だった。木蓮《もくれん》のような甘ったるい花の香りがする。香を焚《た》いているのかもしれない。

珠蘭は部屋の端で伏していた。先ほどの水影が言ったことについて、何らかの沙汰《さた》が下るかもしれないと考えたためだ。

「珠蘭。あなたは李史明の遠縁と聞いていますが、あの二人とも顔見知りなのですね」

「失礼ながら、あの二人とは」

「劉帆と……海真のことよ」

沈花妃の声はどこか重たい。宦官と親しいということはやはり印象がよくないのだろう。ここは話せる範囲で素直に答えた方がよいと判断し、珠蘭はちらりと顔をあげる。

「二人には入宮の際に声をかけて頂きました。ただの顔見知りであって水影が語るようなことはございません」

花妃は素っ気なく「そう」と答えた後、棚から豪華な飾りのついた塗箱を二つ取り出していた。中身を確認しているらしい。その作業をしながら珠蘭に告げる。

「みな落ち着いたでしょうから、戻って大丈夫よ」

「……よいのでしょうか」

「場を収める方法がこれしかなかったから呼んだだけよ。叱責《しっせき》をするつもりはないの」

珠蘭にとって予想外の言葉だった。本来であれば他の宮女と揉《も》め事を起こしたとして叱られる場面だが、沈花妃はそうせず事態の収拾を第一と考えた。珠蘭としてはありがたいところだ。罰を受けたとなればすぐに話は広まり、他からの風当たりも強まっただろう。

「……あなた、別の宮に行った方がいいかもしれないわね。ここではあなたにお願いできることがないから」

淡々とした声音は、信頼を得ていないことを示すようだった。水影が言っていた通り、劉帆や海真といった宦官と親しく話す珠蘭は疑わしき者だ。それが瑠璃宮の口利きで入った者となれば疑いはより濃くなる。

(でも、沈花妃の信頼を得ないと)

すぐに諦《あきら》めてはいけない。どうにか信頼を得なければ。

(まず廊下掃除。気になったところも掃除して……花器も綺麗《きれい》に磨いてしまおう)

沈花妃の部屋を出た珠蘭は再び、宮の掃除に精を出すことにした。たとえ劉帆に笑われたとしても、仕事を与えてくれないのならば自ら動くまで。

＊＊＊

そうして数日が経《た》つと、勝手な掃除も板についてきた。今日も廊下をぴかぴかに磨き上げるぞと意気込んでいた時である。厨《くりや》の前を通りかかると中にいた古参宮女の河江《かこう》が顔を出した。

「あんた、ちょっとおいで」

河江は厨を任されている宮女だ。ほとんど厨にいるため面識はほとんどない。大柄で声量も大きく、声も太い。目にかかるほど長く伸ばした前髪も彼女の特徴だ。

その迫力に怖気《おじけ》づきながら珠蘭が厨に入ると、河江は扉を閉める。

何をするのかと構えていれば、奥から甘い香りのするお茶を運んできた。

「飲みな」

「え？」

「いいから。ずっと掃除ばかりしていたら疲れるだろう。余り物だけど飲めばいい」

素っ気ない口ぶりではあるが、他宮女のように珠蘭を疎んじる様子は見られない。向かいの椅子に腰掛け、肘《ひじ》をついて珠蘭をじいと眺めている。

「いいんですか？　私と話していることが他の方に知られれば、あなたも嫌がらせを受けるのでは……」

「かまいやしないよ。最初はね、無愛想で無気力な子がきたと思ったもんだ。でも嫌がらせを受けてもめげず、ここに馴染《なじ》もうと掃除に精を入れてただろう。掃除なんて華やかじゃないからみんな嫌がるのに、あんたは毎日綺麗にしてくれた。厨を預かる身として、礼を告げたかっただけさ」

河江は小さく頷《うなず》いて、茶に口をつけた。その穏やかな表情に強ばっていた珠蘭の心が解けていく。彼女は悪い人ではない。警戒心が薄れ、珠蘭も茶を飲む。花のような香りは口中でも甘く香る。菓子のように甘い茶だ。

「甘くて美味《おい》しい……」

「蜜糖《はちみつ》を入れてあるんだ。沈花妃が好むからね。残り物だけど、あんたの口にあったならよかったよ」

瑪瑙宮にきて初めての優しさだ。甘さが体に満ちて、涙腺《るいせん》が緩む。他人からの厚意がこんなに沁《し》みるなんて、知らなかった。

涙ぐむ珠蘭に気づいたのか河江が笑った。

「今はね、ちょいと忙しい時期だから、あんたを構えたのさ」

「忙しい時期ですか？」

河江は頷いた。

「今度、翡翠《ひすい》宮で茶会が行われるんだよ。翡翠宮は最も格の高い妃宮で、主である伯花妃は頂点に位置する花妃。茶会はそれぞれの宮が権威を示す場だ。しかも今回は不死帝を招いての大がかりなもの。そりゃみんな大張り切りになるってものさ」

不死帝も来るとなれば、不死帝の仮面をつけた海真が来る。出来ることならば珠蘭も行ってみたいが、この調子では同行することはないだろう。

「瑪瑙宮ではこの支度の責任者を水影に任命したんだ。水影にすれば、ここで沈花妃に認められて実績をあげたいんだろう。随分と気合いを入れているよ」

「なるほど。だから水影は私に強く当たっていたんでしょうか？」

水影が珠蘭に冷たい態度を取っていたのは、日頃の鬱憤《うっぷん》を晴らす八つ当たりかと思われた。しかし河江の反応は渋い。

「どうだろねえ。でも、水影があんたに対して取る行動はいいものじゃない。新人いびりにしては粘っこいからね、何か理由があるのかもしれないよ」

水影が珠蘭を疎む理由は判明しない。瑠璃宮からきたことで彼女に疎まれているだけならばよいのだが、別の理由があるのならそれを知りたい。

何にせよ、河江と言葉を交わせたことは大きな喜びだった。茶を飲み終えた珠蘭は深く頭を下げる。

「ありがとうございました。お茶、美味しかったです」

「また来るといいよ。こんなことしかしてやれないのが申し訳ないけどねえ」

厨を出ると、宮女がぱたぱたと廊下を駆けていった。茶会に向けての支度で忙しいのだろう。宮内の空気はひりついている。

出来ることなら茶会までに沈花妃の信頼を得て、翡翠宮主催の茶会を見たいところだ。何か方法はあるだろうかと考えながら、廊下掃除を再開した。

＊＊＊

事件が起きたのは翌日の昼だった。

「きゃあああ、誰か、誰か！」

廊下に響く叫び声。それは、沈花妃の部屋から聞こえた。

珠蘭が駆けつけると、宮女たちが廊下に集まりざわついていた。部屋の戸は開け放たれ、整然としていた室内は荒らされている。棚や書架が倒れ、床には物が散乱し、ひどい有様《ありさま》だ。

部屋の主である沈花妃は倒れ、宮女に支えられていた。目立った外傷はなく、意識もあるようだ。花妃を支える宮女がしきりに「水を持ってきて」と叫んでいる。

騒ぎを聞きつけて厨から駆けつけた河江が珠蘭の隣に立った。

「物盗《と》りかねえ。瑪瑙《めのう》宮で起こるなんて物騒なこと」

珠蘭は頷きも返答もせず、ただじっと花妃の部屋を見つめていた。

散らばったもの、倒れた書架。一つ一つを眺め、二つの腕輪に触れる。腕につけた翠《すい》玉《ぎょく》の碧輪《へきりん》と紅玉《こうぎょく》の紅輪《こうりん》は、彼女の瞳《ひとみ》にはどちらも枯緑色に映る。しかしよく眺めると二つの色にわずかな濃淡の違いがあった。いま見えているものがどのような色をしているのか確かめるために腕輪の刻印を指でなぞるのだ。太い直線の彫りがあれば紅《あか》、波濤《はとう》線の彫りがあれば碧《みどり》だ。そうして色を確かめていく。これが、珠蘭のやり方だ。

「物盗りだとしたら何が狙いでしょう」

宮女の一人が不安そうに言った。誰かに向けた言葉ではないが、珠蘭がそれに答える。

「塗箱がひとつ、なくなっています」

その発言が、騒ぎに水を打つ。場がしんと静まって、皆が珠蘭を注視した。

「他は元と変わりありません。書架は倒れていますが書はすべて揃っています。ないのは棚にあった塗箱。二つあったはずですが一つが見当たりません」

「あ、あんた……どうしてわかるんだい？」

河江は恐ろしいものでも見るような目を向ける。

この会話を聞いていたのは河江だけではなかった。

「それって、あんたが盗んだからわかるんじゃないの？」

水影だ。この発言に再び場が静まる。

「盗んだ本人ならばわかるものね、何が部屋からなくなっているのか。花妃に取り入ろうとして騒ぎを起こしたんでしょう。ああ、やだやだ」

珠蘭は遠くにいたのでこの騒ぎも知らなかった。もちろん盗んだ覚えもない。疎まれるだけならまだしも濡《ぬ》れ衣を着せられるのは勘弁してほしい。

「私ではありません」

「みんなそう言うのよ」

「違います！」

二人が言い争っている間に、また人が増えた。騒ぎを聞きつけた宦官《かんがん》たちがやってきて、現場を覗《のぞ》きこんでいる。その中に劉帆と海真の姿もあった。

「花妃、御無事ですか？」

海真は真っ先に沈花妃の許《もと》へ駆けつけた。花妃はうっすらと瞳を開け、頷く。

何名かの宮女は花妃の部屋に入り、失《う》せ物はないかと探していたが、陶器の破片や散らばった書に遮られ、なかなか捗《はかど》らない。これでは片付けるのにも難航しそうだ。

そこで、一人の宮女が声をあげた。

「大変です。明後日の翡翠宮茶会で着ける予定の仮面が見つかりません」

その言葉に周囲がざわついた。水影が声を震わせながら宮女に聞く。

「そ、その仮面ってまさか……翡翠宮から頂いたあの……？」

「はい。友好の印にと頂いた翡翠の仮面です。他は揃っているのですが、収めた塗箱ともどもなくなっています」

珠蘭の指摘通り、中身ごと塗箱が失せていた。皆がざわつく中、水影の視線が向けられたのは珠蘭だった。

「やはり、あんたが盗んだのね」

「違います」

「塗箱がないと真っ先に気づいたのはあんたよ。とぼけたって無駄、あんたが盗んだんでしょう」

水掛け論となりそうだ。根拠もなく言い放つ水影にうんざりして、珠蘭はため息をつく。

（どうしたらわかってもらえるだろう。私は盗んでいないのに）

周りの者たちは水影の言葉を信じ、珠蘭は孤立している。珠蘭は隠れ暮らしていたため、どのように主張すればよいのかわかっていなかった。黙し、考えこんでしまうが、その間さえ周囲は悪く受け取ってしまう。

焦りがいやな汗となり額を伝い落ちる。周囲は珠蘭の動向を窺《うかが》っている。じっと黙りこんだ珠蘭に対し、再び水影が口を開こうとした時、別の者が動いた。

「そこらへんにしておこうか。そんな言い争いで花妃の御耳を汚すのはよろしくないね」

劉帆である。水影と珠蘭の間に身を滑らせて割りこみ、軽快な口調で場を制す。

「君は……ええと、水影だったか。犯人であると確証もないまま一方的に責めたてるのは賢いと思えないね」

その口は、珠蘭が言えずにいたことを難なく言ってのける。

胸がすく思いだった。見上げれば、劉帆の瞳はしっかりと水影を捉え、水影や周囲から敵意を向けられても臆《おく》する様子がない。実に堂々としたものだった。

「確かに確証はありませんよ。でもこの女は先ほど『塗箱がひとつなくなっている』と言ったんですよ。それも、何が無くなったのか誰もわかっていない時に。ここに駆けつけて部屋に立ち入らず眺めているだけで、塗箱が無くなったとわかるなどおかしな話ですよ」

水影は鼻息荒く、珠蘭の行動を指摘している。

（確かにその通りだ。でも部屋を見たから、失せ物がわかっただけ。私は盗っていない）

ぐっと眉根《まゆね》をよせて考える。その様子を、振り返った劉帆が確かめていた。

「反論しなければ罪を着せられるぞ」

珠蘭にしか伝わらない小さな声で、劉帆が言った。

「ここは後宮だ、壕《ごう》とは違う。言いたいことがあるのなら臆せずに声をあげるんだ。伝えなければ気づいてもらえない」

「……はい」

「大丈夫だ。ここには僕がいる。もしうまく行かなくとも導いてやる」

そう告げた後、劉帆は声量を大きくし、周りにも伝わるように告げた。

「珠蘭。今こそ、君の『瞳』を使う時だ。塗箱が失せたとわかった理由を、ここで告げるべきだよ」

その言葉は力強く、気後れしていた珠蘭の背を押した。劉帆が場を仕切っていることも強い安心感を生む。

皆の注目が珠蘭に向く。珠蘭は静かに頷いた。

「塗箱が失せたとわかったのは……私が人よりも記憶力に優れているためです」

そう切り出し、目を閉じる。まず浮かぶのは壕から眺めた海だ。寄せては返し変化し続ける蒼海色《そうかいしょく》、潮の香りまで鮮やかに蘇《よみがえ》る。周囲の雑音も遠ざかり、集中が極限まで至ると、今度は腕輪に触れる。

(沈花妃の部屋を詳細に)

二つの腕輪の文様を指でなぞると、沈花妃の部屋が細部まで鮮明に思い出された。さらに現在の荒れた部屋と比べる。

珠蘭は瞳を開いた。宮女が持つ書を指で示す。

「あなたが持っている書は書架の二段目へ。足元に落ちている合子は棚の下に」

宮女は驚き、身を震わせた。

「……ど、どうしてわかったの」

おそらくこの宮女は、この書がどこにあったのか知っていたのだろう。次いで珠蘭は床に散らばる破片を示す。

「茶器の類《たぐ》いでしょう。何かの拍子に割れたのかと。私がこの部屋を訪ねた際にはありませんでした。あと、そこに転がる盒《ごう》は胭脂《えんじ》らしきものが入っていたと思われます。厨子《ずし》の前にありました」

何度もここに来ている宮女であればあるほど、珠蘭が淀《よど》みなく語る内容の正しさがわかる。一人が恐れればそれは伝播《でんぱ》し、ざわめきは広がっていく。

珠蘭はさらに部屋に立ち入る。割れた茶器の破片を次々に拾い上げると、それらを仕分けていく。この行動に劉帆が首を傾《かし》げた。

「何をしているんだい？　指を怪我《けが》するだろうに」

「壊れたものを戻すことはできませんが、元から部屋にあったものか確かめることはできるので。それに破片がひとつでも部屋に残っていれば、花妃が怪我をしてしまいます」

「……まさか。割れる前の状態を思い浮かべながら、破片を集めているとでも？」

これに珠蘭は頷《うなず》いた。一度見た陶器ならば、たとえ破片だとしても文様や光沢、細かな傷から仕分けができる。記憶にある形と破片をすりあわせ、頭の中で復元していく。そうして破片のひとつも部屋に残してはならない。もしも踏み抜いてしまえば大変なことだ。

これには劉帆、沈花妃も息を呑《の》んだ。

そこで別の宮女が声をあげた。割れずに残っている花器を見やり、青ざめている。

「どうしましょう……大きな罅《ひび》が入っています。入宮の際に賜った大切なものなのに」

その花器はごろりと倒れていた。他のもののようには割れず、しかし罅《ひび》が入っている。

他の者たちも「なんてこと」と悲嘆の声をあげていた。

だが珠蘭は違った。顔をあげ、その花器の形を確かめると事もなげに告げる。

「違いますよ。それは元からです」

「……うん？　元から傷がついていたと？」

劉帆に問われ、珠蘭は頷く。

「その傷は元からありました。花はなく空となっていたので、罅の存在を知っていて使用していないのかと思っていました」

語りながら、花器を持ち上げ、元の位置に戻す。角度まで一致している。この向きであれば鋳は目立たず、花器の上部を凝視しなければ気づかない。

「……あなた、どうして知っているの？」

震え声で問うのは沈花妃だ。海真に支えられ、身を起こしてこちらを見つめている。

「それを知るのは一部の者だけよ。それに鋳が入ったのはあなたが瑪瑙宮にやってくる前の話。どこでそれを」

沈花妃の顔色はよくない。倒れたこと以外に、珠蘭が次々と言い当てていく不気味さも影響しているのだろう。

「……沈花妃の言う通りだよ。あの鋳は珠蘭がくる前についたものだ」

河江が言った。彼女も、珠蘭の瞳に驚いている。

「当時ここに勤めていた子が誤って花器を倒してしまったんだよ。そのことが明るみに出ては彼女が罰を受ける。だから花妃はそれを隠していた——一部の人しか知らないことだよ。なんだって、ここに来たばかりの珠蘭が……」

「誰かに聞いたわけではありません。花妃の部屋に入れて頂いた際に見ました。私は一度見たものを忘れないので」

場が静かになる。片付けていた者たちも手をとめ、珠蘭に見入っていた。恐ろしいほどの記憶力は、これ以上語らずとも伝わっているのだろう。

「沈花妃、これが董珠蘭です。彼女の瞳《ひとみ》は瑪瑙《めのう》宮の力となるでしょう」

怖がらなくてよいと告げるように、海真は穏やかに微笑《ほほえ》む。この言葉は珠蘭と宮女らの距離を近づける契機となった。一人がおずおずと前に歩み出て、珠蘭に訊《き》く。

「あの……これをどこに戻せばいいかわかるかしら?」

「ああ。それでしたら――」

次々と片付けは行われ、沈花妃の部屋が元の状態へと戻るのにさほど時間はかからなかった。当然、陶器の破片ひとつも残っていない。

だがどれだけ捜しても見つからないものがあった。翡翠《ひすい》宮から贈られた翡翠の仮面である。それは塗箱ごと失せていた。


片付けを終えても瑪瑙宮は慌ただしい。皆が塗箱の行方を捜している。宦官による聞き取り調査も行われていた。

そうして日が沈んだ頃、自室にいた珠蘭の許へやってきたのは河江だった。その手には残り物らしき焼菓子の入った器がある。

「どうだい、今日は落ち着かないだろう? 好みに合うかはわからないけど、余り物だからね、食べていいよ」

「ありがとうございます」

「いいよ。落ち着いたらまた厨《くりや》の前を掃除してちょうだい」

几《つくえ》に器を置いた後、河江の視線は部屋の木棚に向けられた。

宮女に与えられた部屋は木棚が備え付けられている。本来は二人一部屋を使う予定が、瑪瑙宮に勤める宮女の数が少ないため一人部屋となっていた。

珠蘭は寝台とその横にある木棚に荷物を置いている。といっても実質は壕から連れ去られてきたので、持ち出した荷物は一つの腕輪だけ。荷がない宮女は珍しく、目立たぬようそれなりの必需品を史明が用意してくれた。ここにあるのはどれも愛着のない物ばかりだ。

「あんた、掃除道具まで部屋に置いているのかい」

「隠されたりしては困るので」

誰にとは言わなかったが、河江は察したらしく苦笑していた。

雑巾や空の水桶《みずおけ》といった掃除で使う道具は自室に持って帰っていた。幸いにも木棚はがらんと空いていて、下段にちょうど収まる。質素な厨子《ずし》もあるが中には何もない。生活感のない部屋だ。

「ご用件は何でしょうか？」

「話がしたくてね。あんたが花妃に悪い印象を抱くんじゃないかと不安になったのさ」

空いた椅子に腰掛けた河江が切り出す。珠蘭も向かいに座った。

「仕事を与えない沈花妃の態度を冷たいと思っていないかい？　でもね、誤解しないでほしい。それは仕方のないことなんだ」

「仕方のないこと、ですか？」

「あの方は心優しくてね、誰かを貶《おとし》めたり傷つけたりすることを厭《いと》う」

そう言って河江はうつむき、ゆるゆると語り出す。秘めていたものをこぼすように。

「あたしは沈家に勤めていたんだ。沈花妃が花妃になる前、沈麗媛《しんれいえん》だった頃さ。その時にあたしは失敗しちまってね、沈家の主人が大事にしていた杯を壊してしまったのさ。それは大変な騒ぎになって、罰を与えられることになった」

河江は前髪を持ち上げる。晒《さら》された額には十字の傷痕《きずあと》がついていた。

「下されたのは『額に十字の傷をつけた後、首を刎《は》ねる』という罰。でも執行される前に、あたしを助けてくれたのは沈麗媛だ。額に傷をつけただけで充分だとかばってくれてね、その時からあたしはこの方に尽くすと決めたよ。後宮入りが決まっても絶対についていく、花妃の称号を得ても変わらずに守り続けるってね」

瑪瑙宮にはわずかな宮女しかいないが、ほとんどが花妃自ら選び、または実家から連れてきた侍女である。河江もその一人だ。

侍女の命は軽く、粗相や失敗をした者が身をもって償うことはよくあるが、それを家長の娘が止めたのは珍しい話。河江が沈花妃に心酔するのは合点《がてん》がいく。

「お優しい方ですね」

「そうだよ。だから信じてほしい。今のように小さなことを積み上げていけば、きっと信を得られる。あの方が外部の人を簡単に受け入れないのにはちゃんと理由があるから、あんたも花妃を信じてほしいんだよ」

身内には優しく、外部からきた宮女には冷たい。ここには河江が語らなかった沈花妃の秘密が絡んでいるのだろう。

「じゃあ水影も、沈家の侍女だったんでしょうか？」

気になって珠蘭が聞いた。しかし河江は表情を一変させ、首を横に振った。

「あれは違う。後宮にきてからだ。いつのまにか瑪瑙宮の宮女になっていた。どうにかして沈花妃に取り入ったんだろうね」

「え……？」

「……水影には、気をつけた方がいい」

河江はそう呟《つぶや》いた。珠蘭より一回り以上年の離れた瞳は、もどかしそうに細められる。

「といってもあたしは一介の宮女だから忠告することしかできないけど」

「いえ。こうして私と話してくれるだけでも嬉《うれ》しいです。忠告、覚えておきます」

「そうかい。また余り物を持ってくるよ。あんたのことが気に入ったからね」

用件を終えたところで河江が部屋を出ようとする。扉を開ければちょうど、その向こうに劉帆がいた。

河江と入れ替わりで劉帆がやってくる。今日は忙しい日だ。

「やあ。お友達ができたようで何より」

「……どうも」

「それでも沈んだ顔をしているね」

というのも、昼間の失《う》せ物のことが気になっているからだ。珠蘭の胸中を見抜いたように劉帆がその話を持ち出す。

「あれはまずいね。近日、翡翠宮主催の茶会が行われるだろう？　今回紛失した仮面は、沈花妃が入宮の際に、友好の証《あかし》として贈られた大切なものだ。次の茶会に着けていかないとなれば、今後に大きな影響がでるかもしれない」

「では捜さなければなりませんね」

「そうだ。特に後宮内の序列で沈花妃は下位だ。序列一位である翡翠宮の贈り物を無視すれば、翡翠宮の主《あるじ》は侮辱されたと受け取るかもしれない」

沈花妃についてよくない噂《うわさ》が立てば、珠蘭が動き回ることも難しくなる。

（兄様のためには信頼を得るだけじゃなく、沈花妃を守らなければならない。翡翠仮面が見つかれば解決するけれど……難しい）

堂々と捜し回るには、敵が多すぎるのだ。水影のように珠蘭を疎んじる者はまだいる。珠蘭が目立つ動きをすればすぐに糾弾されるだろう。

解決策が浮かばず俯《うつむ》くと、木棚の下段に置いた掃除道具と目があった。騒ぎの後は掃除をしていないので今日は雑巾が乾いている。

その仕草を見ていた劉帆が告げた。

「ところで本題はこれじゃあないんだ」

「では、どんなご用件で？」

「沈花妃が呼んでいる」

「それは先に言うべきでは……花妃をお待たせしているのなら急ぎ向かわないと」

悠長に話している場合ではなかった。そのような用件があるのなら先に話して欲しいところだ。呑気《のんき》な劉帆に呆《あき》れてしまう。

しかし花妃から呼ばれるとは。信頼を得られず八方塞《ふさ》がりの状況に一筋の光明だ。

「まずは挨拶《あいさつ》と思ってね。君の様子を確かめるのは大事だろう。では一緒に行こうか」

「わかりました――では用意します」

部屋を出る前、珠蘭は雑巾から何かを抜き取った。謎の行動を取り始めた珠蘭に、劉帆は首を傾《かし》げる。

「何をしているんだ？」

「自衛です」

「うん？　それの何が自衛になる？」

訳がわからないといった反応をしているが、説明をする暇はない。雑巾から抜き取った細糸と米糊《こめのり》を少し。それを手に取ってようやく珠蘭も部屋を出た。

沈花妃は仮の部屋にいた。海真と話し込んでいたが、珠蘭と劉帆が来たため二人は話を止め、こちらを向く。

「呼び立ててごめんなさいね」

珠蘭たちを出迎えようと沈花妃が歩み寄るが――その拍子に、被帛《ひはく》が引っかかり、几《つくえ》に飾っていた花がふわりと床に落ちた。

「あら。落ちてしまったわ。その緑色の花を拾ってもらえるかしら」

珠蘭は躊躇《ためら》わずに花を拾った。花弁も花茎もすべて枯緑色に見えているが、花妃が『緑色』と言ったのだからそうであろうと信じたのだ。腕輪の文様と見比べ、色を精査する時間もなかった。

そうして拾い上げた花に、沈花妃は驚いたように目を丸くした。

「あなた、本当に色がわからないのね」

聞こえた言葉に息を呑《の》む。花妃は珠蘭から花を受け取ると、その花弁を指で突《つつ》いた。

「これは朱色をしているのよ。瑪瑙宮に合うからと頂いた花なの」

「……試したんですね」

「ごめんなさいね。あなたの瞳を試してみたかったの——あなたは躊躇わずにこの花を拾ったわ。わたくしが緑色と告げたのに、それを疑うこともなく」

朱色をしていたと気づくも遅かった。まずいことをしたのかと焦り、海真の方を見やる。だが、彼はくつくつと笑っていた。

「すまないね。俺が沈花妃に話したんだ」

「先ほど海真から聞いたのよ。色がわからないけれど、凄《すさ》まじい記憶力を持っているなんて面白いわ。なんて不思議な瞳なのかしら」

海真も沈花妃も穏やかな表情をしていた。叱責《しっせき》されるかと冷や汗をかいていた珠蘭は、安堵《あんど》の息をつく。

「董珠蘭の瞳が花妃の役に立つと思い、こちらに連れてきました。後宮では何があるかわかりません。謀《たばか》りの園であっても信頼できる者がいれば違うでしょう」

恭しく話す海真の表情は柔らかく、妹である珠蘭に接するのとは異なる。宦官《かんがん》を装うにしては警戒心が薄い。これに沈花妃も砕けた口調で答える。

「先日、史明が来たけれど何も言わなかったのよ。親戚《しんせき》なのだから、珠蘭のことをもう少し教えてくれたらよかったのに。そうしたら対応だって変わっていたわ」

「李史明は難しい一面がありますから。でも彼も花妃を案じているから、ここに珠蘭を連れてきたのですよ」

「そうねえ。史明も海真ぐらい素直だったらよいのに」

招かれてきたはずが、海真と花妃の二人で話し込み、劉帆や珠蘭が割りこむ隙はない。花妃も海真も互いに見合い、こちらを気にかける様子さえなかった。

所在なげにしていると劉帆が密《ひそ》やかな声で言った。

「耐えろ。この二人が話し出すと長い」

「私が呼ばれたのは何のために……」

「最初に終えただろう。僕たちは用済みだ」

つまりは珠蘭の瞳《ひとみ》を試すために呼び出され、終わればこの置いてけぼりである。いまだ海真と花妃は楽しそうに談笑していた。

海真の表情は、故郷でよく見た笑顔だ。再会してからは微笑《ほほえ》んでいても何かの感情が凝り固まったようにぎこちないものだったが、花妃の前では自然に振る舞っている。

(不死帝のふりをするのも疲れるだろうし、沈花妃と話すことが兄様の癒《い》やしになるのかもしれない)

居心地の悪さはあるが、兄が幸せそうにしているのはよいことだ。

「珠蘭、外で待っていようか」

劉帆が珠蘭の腕を引いた。有無を言わせず、珠蘭も部屋を出ることとなった。

二人、廊下に並んで立つ。海真が話し終えた時すぐ合流できるよう近くにいた方がよいと劉帆は考えたのだろう。一息つくと、周りに聞こえぬよう小さな声で劉帆が言った。

「沈花妃は変わっているから驚いただろう？」

「そりゃまあ」

「兄を取られたような気になったか？」

そんな問いかけをされるとはまったく想像していなかったので目を剝《む》いた。

「な、何を聞くんですか」

「君は口を開けばすぐ『兄様』と言う。随分と兄を慕っているようだからな」

「そりゃ寂しさは……ありますけど」

先ほどの、沈花妃と話している時の海真の姿を思い返す。珠蘭の瞳は兄の表情がどれほどに柔らかなものであったか鮮明に焼き付けている。幼い頃から接してきた兄だ、当然のごとく寂寥《せきりょう》はある。だがそれだけが胸中を占めているわけではない。

「……ほっとした、かもしれません」

複雑な感情を紐解《ひもと》くように、声に出す。隣の劉帆は興味深そうに「ほう？」と相づちを打っていた。

「あのような立場になり、命を狙われ……兄様がつらい環境を強いられていることを憐《あわ》れに思ってました」

霞の者にとって恐怖の対象である不死帝を装うのだから、常に気を張るだろう。神経をすり減らすような日々を送っていると想像していた。

だが沈花妃と言葉を交わしている時の表情は異なった。あの温かなまなざしは、たとえ珠蘭が相手だとしても引き出せないだろう。

「少しでも心安まる時間がある。それがわかって、安心したのかもしれません」

「依然、命は狙われているけどね」

「わかっています。だから私にできることをして、兄様を解放します」

やるべきことは変わらない。だがつらい出来事ばかりではないとわかったのは大きい。

「話のついでだから教えておこうか。沈花妃は、後宮で唯一、帝《みかど》の渡りを拒否している」

驚きに、喉《のど》が詰まりそうになった。

後宮の妃《きさき》の務めは、帝を満足させることである。不死帝は死を超越した存在であるから子を生《な》す必要はない。しかし子を生さぬといえど不死帝も欲を持つ。後宮は名家や豪族が権力を誇示する場であり、帝は妃にて身に余した欲を発散するものだと思っていた。

その妃が夜伽《よとぎ》を拒否するとは、理解できない。

「それは……許されることだと、思えないのですが」

「そうだな。他の宮はいつでも受け入れる姿勢を取っているが瑪瑙《めのう》宮だけは頑《かたく》なだ。まあ、不死帝が夜半に後宮を訪ねたのはここ数年ないけども」

不死帝がここ数年花妃らの許《もと》を訪ねていないのは中の人が替わる制度も関係している。

兄が何年前から不死帝になったのかは知らないが、現在も渡りがないところを見るに、海真は誰かと褥《しとね》を共にすると考えていないようだ。

兄に特別な感情を抱いているわけではないが、命の危機がある立場で情欲に溺《おぼ》れてしまえば危険が増す。海真の無事を願う心が安堵を生んでいた。

「しかしだ。瑪瑙宮の立場を考えると、そろそろ不死帝も動かなきゃいけないねえ」

嘆息と共に劉帆が言う。

「後宮内での立場が低いのは不死帝を拒否していることが大きい。その状況が変われば他の宮からの当たりも変わるだろうに」

後宮内の立場悪化を厭《いと》わず、拒否する理由とは。河江が語った、沈花妃の秘密はこの事柄に関係しているのか。珠蘭の疑問はなかなか解けそうにない。

その時だった。廊下奥から複数人の足音が聞こえた。何事かと身構えていると、水影を先頭に大勢がこちらにやってくる。

水影は珠蘭の姿を見つけるなり指をさして大声をあげた。

「いたわ！　あれが仮面を盗んだ犯人よ！」

武装した兵が駆けてくる。珠蘭を捕らえようとしているらしい。

この騒ぎは沈花妃や海真にも聞こえたようで二人も廊下に出てきた。

「何の騒ぎです？」

花妃が聞くと、宮女や宦官は頭を低くする。水影もそれに倣いながら、小脇に抱えていた箱をずいと差し出した。

「沈花妃。こちらが見つかりました」

間違いなく、花妃の部屋から消えた塗箱だ。蓋《ふた》を開けると、中には翡翠《ひすい》仮面が入っている。傷一つなく無事のようだ。

水影は速やかに珠蘭を指さし、宮中に響き渡るような大声で告げる。

「こちらは、董珠蘭の部屋にございました。あたし、見ていたんです。花妃の部屋から塗箱を持ち出すところを」

沈花妃は主要人物を部屋に呼び寄せた。珠蘭、水影の他、劉帆と海真も同席しているのは、宦官もいた方が心強いと花妃が招いたからだ。

部屋の外は野次馬が押しかけているらしく騒がしい。小窓から覗《のぞ》く者もいる。そこに河江の姿もあった。皆、この騒ぎにどのような沙汰《さた》が下るのか気にしている。特にここ数日注目を集めていた珠蘭が絡んでいることも大きい。

「じゃあ、改めて聞かせてもらおうかな」

劉帆が聞くと、水影が口を開いた。恐ろしいものを見たかのように身を震わせて語る。

「あたし、ずっと董珠蘭が怪しいと思っていたんです。突然来ることになった宮女で、瑠《る》璃《り》宮からの口利きじゃないですか。ここに来たのは何か理由があるはず。だからあたしは珠蘭の行動に目を光らせていました」

演技がましい物言いに呆《あき》れたくなるが、ぐっと堪《こら》えて水影の言い分を待つ。

「昼前です。花妃の部屋に誰かがいるのが見えたんです。花妃は瑠璃宮に書を借りに出ていましたから部屋にいるはずありません。おかしいと思って覗いてみれば、珠蘭がいるじゃありませんか」

「……部屋に入っていないけど」

珠蘭が口を挟む。花妃の部屋になど入っていない。反対の方にある厨《くりや》前を掃除していたぐらいだ。しかし水影の口は止まる気配がなく、堂々と嘘《うそ》を並べ続けている。

「その時に何かを持ち出したのが見えたんです。雨が降っていて暗いというのに、彼女は塗箱を手にしていました。茶会前に翡翠仮面がなくなれば花妃が困ると企《たくら》んだのでしょう。まさか瑠璃宮から来た宮女が妃の私物を盗むなんて思えませんから、あたしは黙って見ていました」

「なるほど。では、水影は珠蘭がそれを盗むところを見ていたと?」

海真は首を傾《かし》げて問う。これに水影ははっきりと頷《うなず》いていた。

「持ち前の記憶力で塗箱の場所を覚えていたのでしょう。まったく鮮やかな手際ですよ」

「なぜその場で糾弾しなかった?」

「泳がせて証拠を得なければ逃げられてしまいます。ですから——彼女の部屋に入って探してきたんです」

それがこの翡翠仮面が入った塗箱だと言う。それぞれの視線が、几《つくえ》に置かれた塗箱に向けられた。

「これが、部屋のどこにあったんだい？」

今度は劉帆が聞いた。

「木棚の下段に隠してありました」

「下段に？」

劉帆がぴくりと眉根《まゆね》を寄せる。珠蘭もこの発言は聞き逃せなかった。

「ありえません。塗箱を置くような場はないので」

「嘘よ。だってあたしはこれを見つけたんだもの。あなたの部屋からね！」

「それこそ嘘でしょう。私の部屋にはない。私は盗んでいないもの」

「あなたが犯人よ。あたしは見たんですからね！　早く罪を認めればいいのよ！」

語気を強める様はこれが真実だと告げるようなものだ。珠蘭と水影。二人の意見は平行線となり交わる気配がない。

（水影は嘘をついている。それを証明しなければ、私が犯人にされてしまう）

どう動くべきかと考えたところで、扉がうっすらと開いた。現れたのは河江だ。

「……沈花妃。申し出たきことがございます」

頭を深く下げたままの河江に、花妃は発言を許した。

「あたしは菫珠蘭を気に入っておりまして、本日の夕刻に彼女の部屋まで届物をしております。その際に木棚を確認しておりますが、そこにあったのは空の水桶《みずおけ》と雑巾でした。彼女はよく厨前の廊下を掃除し、水桶はそのために使っていたようです。他の者たちに水桶などを隠されては困るからと部屋に置いていたのでございます」

不安が隠しきれぬ声色で、しかし珠蘭のためにと告げている。黙することもできただろうに、この場に割りこんで証言するなど勇気のいることだ。その優しさが沁《し》みる。

「ふむ。君は木棚を確認していたと」

「寝台の下も見ておりますが、その豪華な塗箱はございませんでした」

「嘘よ。河江も珠蘭と組んでいるんだわ！」

遮るように水影が叫ぶ。そのあまりの迫力に、河江の顔色がさっと青くなった。

「違います。けしてあたしは――」

「怪しいと思ったのよ。盗むには協力者がいないとできませんもの」

これはまずい。河江まで無実の罪を着せられてしまう。

(河江まで巻きこみたくない。だから盗んでいないと証明しないと)

彼女の不安を取り払うべく、河江に向けて微笑《ほほえ》む。

「大丈夫です。盗んでいないと証明しますから」

集まった者たちが驚き、珠蘭を注視する。だが臆《おく》するわけにはいかない。

「水影が語ることは嘘です。彼女は私の部屋に立ち入っていないのでしょう」

「どうしてそう言えるのかしら？」

花妃が問う。海真や劉帆たちも目を丸くして、珠蘭を注視していた。

「私は盗んでいません。こちらに来て頂けますか」

向かったのは珠蘭に与えられた宮女部屋だ。しかし扉は開けず、入り口で身を屈《かが》める。

「一体、何をしているのかな？　部屋に入らないのかい？」

扉と壁の隙間をじいと眺めたまま固まる珠蘭に、海真が訊《き》く。訳がわからないといった顔をしていた。

その問いに、まだ答える気はなかった。確認を終えた後、珠蘭は水影を見上げる。

「水影は、私がいない間に部屋に入って、仮面を探したと言っていました。部屋に入ったのはいつ頃ですか？」

「あなたとそこの宦官《かんがん》が出て行った後だけど」

そこの宦官とは劉帆のことだ。珠蘭の口元ににやりと笑みを浮かんだ。

「でははっきりと答えます。水影は私の部屋に入っていません。本当に部屋に入っているのなら木棚の下段に水桶などあることを見ているはず。もっと都合の良《い》い場所にあったと語るでしょう。水影が部屋に入っていないことをこれで実証します」

珠蘭は皆の顔を眺めながら告げた。

「何が起きるかわかりませんから、ここに仕掛けを残していったのです」

「仕掛けって、それは……」

驚きの声は海真からである。珠蘭は扉の下部を指さして答えた。

「扉と壁に米糊《こめのり》をつけ、糸の両端を貼り付けました。扉が開けば糸は外れて落ちます」

「なんでそんなことを」

「昼間の騒ぎがありましたから用心して仕掛けました。自衛として、ですね」

濡《ぬ》れ衣を着せられることは想定していた。貴重品のない部屋であるが、不在の際に荒らされたくはない。そこで考えた仕掛けである。

元は壕《ごう》にいた時に教えてもらったものだった。故郷の者たちは貧しく、錠のついた扉を持つ家は少ない。その上漁師が多いので海に出てしまえば家は空っぽになる。そこでこの仕掛けが流行《はや》った。侵入防止にはならないが形跡は残る。松脂《まつやに》を使う家もあったが持ち合わせていなかったので、仮面と肌を密着させるために使う米糊を用いた。

その仕掛けはというと、しっかりと残っている。糸はたるむ様子さえない。

「これが残っているということは、水影は私の部屋に入っていません」

「それを仕掛けているのは僕も見たよ。なかなか面白いことをするものだと思った。まさか侵入の形跡を残すための仕掛けとは知らなかったが」

劉帆が頷く。彼は珠蘭と共に部屋を出たためこの仕掛けを知っていた。

「な……この糸で……」

「どうぞ木棚もご確認ください。厨子《ずし》も見て構いません」

水影は動揺していたが、無視して仕掛けを外し、部屋の扉を開け放った。

河江の証言通り、木棚の下段には水桶と雑巾がある。厨子の扉を開いても中は空だ。

海真、そして沈花妃がそれを確かめた後、視線は水影に向けられた。

「……では。この仮面はどうして」

水影は珠蘭の部屋から持ってきたと言ったが、珠蘭の部屋に立ち入っていないことは証明された。そして水影が語った場所には河江の証言通り、別のものが置いてある。

そしてもう一つ。水影の証言には致命的な欠陥があった。

「沈花妃。仮面の入った塗箱を二つ、お借りしてもいいでしょうか」

珠蘭が訊く。花妃は頷いた後、宮女の一人に部屋から持ってくるよう告げた。

「私の記憶によれば花妃の部屋にあった仮面の塗箱は二つ」

「そうね。一つは瑪瑙《めのう》宮で作った瑪瑙の仮面。もう一つは今回の翡翠仮面よ」

「その塗箱二つは棚に並んで収めてありましたが、薄暗い部屋でも私は迷わずに翡翠仮面の箱を手に取った——そう、水影は言っていましたね」

「そうよ。あなたのその記憶力で、どこに置いてあったのか覚えていたんでしょう」

水影曰《いわ》く珠蘭が盗んだとされる日は雨が降っていて昼だというのに薄暗かった。今は陽が沈んでいるため、手燭《てしょく》を遠くにやれば暗さの再現が可能だ。

沈花妃は、宮女が持ってきた仮面の塗箱二つを几《つくえ》に置かせた。

「珠蘭。あなたは、どっちの箱に翡翠仮面が入っているかわかるかしら？」

静かに、問う。

塗箱の外装はどちらもまったく同じ。綺麗《きれい》に塗られた箱には金飾と丸く削ったそれぞれの宮の宝玉が埋めこまれている。

珠蘭は二つの塗箱をじっと見つめる。そして——。

「どちらも見分けはつきません。私には同じ箱に見えています」

珠蘭が指で示したのはどちらの塗箱でもなく、二つともだ。

枯緑《クーリュー》色の玉が埋め込まれた、枯緑色の箱。珠蘭の瞳《ひとみ》が、薄暗い中で色を判別するのは不可能に近い。

これに廊下から眺めていた野次馬の宮女たちがざわついた。

「同じ箱って……どうして」

「わかりやすく塗ってあるじゃない。朱色と翡翠《ひすい》色の箱でしょう？」

宮女のざわつきから本当の色を知る。おそらくそうであろうとは、珠蘭もわかっていた。瑪瑙宮は瑪瑙朱色を基調としている。不死帝がおられる瑠璃宮は瑠璃色に。一度も行ったことはないが翡翠宮もその名の通りの翡翠色をしているだろう。

「そ、そんなの……色がわからないと嘘をついているだけよ！」

水影が叫んだ。確かに彼女の言う通りである。疑われたくないからと色覚異常を装うことは考えられる。

（水掛け論だ。どうしたらわかってもらえるだろう）

まったく頭が痛くなる。色覚異常をどのように証明すべきか——だがこの問題が珠蘭を悩ませることはなかった。

「嘘ではない。彼女は最初から、この色が見えていなかったよ」

そう告げたのは劉帆だ。彼は愉《たの》しそうに口元を緩め、塗箱を指で示す。

「部屋が荒らされて無くなったものを言い当てた時、珠蘭は『二つあった塗箱』としか言わなかった。色が見えているならば『翡翠色の塗箱』がないと答えるだろうね。色の見分けがつかぬから、同じ物が二つあったと考えたのかもしれない——それほどに見分けられない者が薄暗い中で翡翠の塗箱だけを持っていけるのかねえ」

「……っ、それは」

「部屋に侵入した形跡はなく、目撃情報も怪しいとなれば、董珠蘭は犯人ではない」

ついに水影は反論もできなくなった。言葉は詰まり、視線が泳いでいる。

劉帆の追及はまだ終わらない。珠蘭の疑いが晴れても、失《う》せていたはずの仮面が突然戻ってきたのだ。考えるべきことは残っている。

「翡翠の仮面と共に出てきたのは水影による嘘《うそ》の証言だ。おおよそ、機を見計らって盗んだ翡翠仮面を取り出し、珠蘭に罪を着せようとしたのだろう。けれど珠蘭の瞳という誤算があったから事はうまく運ばなかった。蓋《ふた》を開ければ単純な仕掛けだが、ただ疎ましいだけの珠蘭を陥れるにしては手が込んでいる。僕はねえ、君の目的が気になるよ」

声音と異なり目つきはひどく冷淡だ。射貫《いぬ》くように鋭く水影を捉えている。劉帆は短く息を吸いこみ、問う。

「君は何のために、珠蘭を陥れようとした？」

劉帆はにっこりと微笑んだ。静まり返った部屋であるから余計に、その問いかけが波紋のように響く。

水影はたじろぎ後退《あとずさ》りをした――と思いきや、すぐに身を翻しこちらに向かってくる。呆気《あっけ》にとられている沈花妃を両手で突き飛ばした。

海真が慌てて駆け寄ったその隙に、水影は部屋を出て行く。咄嗟《とっさ》に劉帆が叫んだ。

「あの女を捕らえろ！」

水影は野次馬の波をかき分けて走っていく。衛士や宦官がそれを追いかけた。

追いかけようと一歩踏み出した珠蘭だったが、その腕は劉帆に摑《つか》まれた。

「君が行ってどうする。後はこちらに任せればいい」

それに、と言いかけて沈花妃に視線を送る。花妃は突き飛ばされて床に座りこんでいたが怪我《けが》はなさそうだ。しかし宮女に裏切られた衝撃で顔色はよくない。

「私は……花妃のそばにいます」

珠蘭が告げると、劉帆は満足そうに頷《うなず》いた。

＊＊＊

翌日の朝である。瑪瑙宮は水影がいなくなったことを除けば普段通りである。

沈花妃は珠蘭だけを部屋に招いた。気まずそうにしている珠蘭に、花妃が告げる。

「今まであなたに冷たく当たったことをお詫《わ》びするわ」

花妃が、頭を下げている。眼前の光景に珠蘭は驚いた。

「おやめください。宮女に頭を下げるなんて――」

「宮女と花妃の関係ではなく、あなたという人に対して、わたくしは謝っているの」

「わ、私はそんなつもりでは……」

「……私も」

このような場を他の者に見られたら誤解されてしまう。この動揺は花妃にとって面白かったらしい。珠蘭の慌てふためく姿を眺めていた大きな瞳は、柔らかに細められた。

「あなた、冷静な子だと思っていたら、そんな風に慌てる時もあるのね」

くすくすと笑った後、花妃は厨子から瑪瑙の簪《かんざし》を取り出した。それを珠蘭に差し出す。

「髪の支度をお願いしてもいいかしら？　実は、瑪瑙宮は人が少ないから仕事が多いのよ。掃除が得意なあなたに頼みたいことがたくさんあるわ」

それは瑪瑙宮にきてから初めての仕事だ。珠蘭は顔を綻ばせた。


髪の支度を終えた頃、董海真と楊劉帆がやってきた。

「……沈花妃には話しておこうと思いまして」

普段よりも落ち着いた声音で海真が切り出した。

「董珠蘭は李史明の遠縁だと話しましたが……実は俺の妹です」

海真は花妃をまっすぐに見つめて明かした。

その重大な秘密をここで告げてよいものか、面食らった珠蘭は反応できずに固まっていた。劉帆が普段と変わらず薄っぺらな笑みを浮かべていたことから、事前に海真と打ち合わせていたのかもしれない。

「いも……うと？」

秘密を知った花妃はというと――珠蘭の顔をじいっと見つめ、その口元が震えている。喜びを押し隠そうとしているのだろうが、隠しきれていない。

(私が海真の妹だからって、ここまで喜ぶものだろうか)

その反応に違和感を抱くも、疑問をぶつけることはできなかった。

「それなら……先に言ってくれたらよかったのに」

沈花妃はむすりと頬を膨らませて海真を睨《にら》んだ。

「なかなか言い出せなかったもので。花妃もどうか内密にしていただければ」

「もちろんよ。あなたが宦官《かんがん》になる前からの知り合いですもの、協力するわ」

その会話に少しばかり引っかかるものがあった。海真が宦官になる前とはいつだろう。故郷にいた時に沈花妃との面識はないはず。

(二人はどこで出会ったんだろう)

その間にも海真の話は続く。話題は珠蘭をここに連れてきた理由だった。

「故郷に残してきた妹を呼ぶことは迷いました。奇異な瞳を持つがゆえ俗世に疎いので」

「確かに。珠蘭はよい子だけれど、後宮で生き残るには難しい愚直さを持っているわね」

「ですがあるものを調べてもらうために珠蘭の力を借りたかったんです。沈花妃ならば信頼できるので、妹を任せられると思いました」

「まあ。そうやって言いながら最初に教えてくれないんだもの。海真ったら意地悪よ――

ところで、あなたたちが調べているものとは……」

花妃の表情は一転し、重たく曇ったものになる。その唇から紡がれた声音も沈んでいた。

「珊瑚《さんご》宮女が殺された件かしら？」

「はい。その通りです」

どうやらこれが、珠蘭を後宮に送りこんだ一番の目的。海真は沈花妃に話しているようで、しかし珠蘭にもこの件を調査しろと告げているのだ。

「これで納得できたわ——わたくしに出来ることなら協力します」

だが花妃はそこで言葉を止めず、珠蘭の方を向く。

「でも海真の妹だからではないの。わたくしは董珠蘭という人間が好きになった。それは誤解しないでちょうだいね」

その言葉が心にしみこんでいく。珠蘭が積み上げたものが実を結んだと示すように、晴れやかな微笑《ほほえ》みだった。

話したりない様子の海真と花妃を気遣い、劉帆と珠蘭は部屋を出た。

回廊から中庭を覗《のぞ》けば、毛地黄《ジギタリス》が咲き誇っている。毒があると知っているため恐ろしい花のように感じるが、知らなければ独特の形をした印象深い花になるのだろう。

「見事、信を得たね」

劉帆はそう言って、珠蘭の肩をこづいた。

「扉の仕掛けは随分と面白かった。あんな身の守り方があるなんてね」

「あれは故郷で学んだ知識ですから、威張れるものじゃありません」

「知識は使い方が肝要だからね、誇っていい。でも信頼を得るに至ったのは知識だけじゃないと僕は思うよ」

するとなにやら思い出したらしく、劉帆が体を震わせて笑いだした。

「どうしました？」

「いや、なに。水桶《みずおけ》と雑巾を手にした君を思い出しただけだ。瑪瑙宮《めのう》で嫌われていると聞いて見に行けば、あのような姿をしていたのだからなあ」

「それほど面白くはないと思いますけど」

「落ちこんでいる姿を想像していたからね。たくましい妹御だと驚いたよ、ははっ」

珠蘭は現状を打開すべく動いただけだ。劉帆があまりにも笑っているのでだんだんと腹が立ってくる。不快だと示すように眉間《みけん》に皺《しわ》をよせると、それに気づいたらしく劉帆が咳《せき》払《ばら》いをした。

「ともかく、君の実直な働きが花妃や宮女らの心を溶かしたわけだ。それがなかったら、皆は水影の言うことを信じ、今頃は罪を着せられていただろうね」

「……だといいんですが」

「胸を張ればいい。君の行動はなかなかに面白かったよ」

どうにもこの劉帆という男は苦手だ。からからと笑って人をからかっているくせに、たまに核心をついてきたりもする。

「花妃の協力を得れば珊瑚《さんご》宮の調香もうまく行くさ。君の瞳《ひとみ》のおかげだ」

言い終えるなり、劉帆は立ち止まった。懐から包を取り出している。

「好むかはわからんが、今回の慰労として持ってきた甜糖豆《テンタントウ》だ」

甜糖豆は霞でよく食べられているお菓子だ。柔らかく煮た豆に糖や蜜《みつ》を絡めて乾燥させる。豆の周りには乾いて固まった蜜の粉が張り付いているので、嚙《か》めば固いが中は柔らかい。豆も甘みをしっかりと吸いこんで甘く仕上がっている。

珠蘭の好物だ。壕《ごう》にいた頃はよく海真が持ってきてくれた。

「ありがとうございます。頂きます」

お礼を告げて甜糖豆をもらおうとした珠蘭だったが――劉帆は包をなかなか渡そうとしない。それどころか手を伸ばして奪おうとする珠蘭の姿を楽しんでいるようだった。

「あの、早く頂きたいんですが」

「君があまりにも嬉《うれ》しそうにしているからね、素直に渡していいものかと」

「慰労のために持ってきたんですよね？　ありがとうございます、早くください」

「食いつきがよすぎるとそれはそれで渡したくないな」

「それ、好物なんです」

「だろうねえ。甜糖豆を出した途端、目の色が変わった」

甜糖豆に興味を示したがために、からかわれている。渡すのを渋って遊んでいるのだ。まったく厄介な男である。

こうなれば諦《あきら》めようと珠蘭が手を引っ込めた時、劉帆が訊《き》いた。

「君の瞳は、この包を何色に映している？」

「……残念ながら枯緑色《クーリュー》です」

その返答が気に入ったのか、劉帆はにやりと笑った。珠蘭の手に甜糖豆の包を置く。

「面白いねえ。その瞳は僕には見えない色が映っている」

「逆ですよ。私が、皆さんのように色を認識できないだけです」

「そうかな？　少し君が羨《うらや》ましいよ、僕の知らないものを見て、僕の知らない色を視《み》る」

包を開く。白い糖粉が絡んだ枯緑色の豆が五粒。美味《おい》しそうだ。その一粒を口に運ぼうとした時、劉帆が振り返って言った。

「稀色《まれいろ》だ」

稀色――そう言われても、いまいち響かない。一部の色の区別がつかず、褪《あ》せた色に見えるこれの何が珍しいのか。自嘲《じちょう》気味に嗤《わら》うしかできなかったが、劉帆は違っていた。

「その瞳は、僕の知らない稀色が映っている。紅《あか》と緑を欠いた君だけが知る、稀色」

口に放り込んだ甜糖豆の衣がゆるゆると溶けていく。甘みを残し、口中には枯緑色の豆が残っているのだろう。
いやこの豆は、劉帆に問えば稀色と答えるのかもしれない。豆を噛んでみれば、それは柔らかく、ひどく甘かった。

後日、水影の失踪《しっそう》が知らされる。
衛士が追いかけるも水影を捕らえることはできず、彼女は翡翠《ひすい》宮の近くで姿を消した。

第二章　恋色なき園で

不届き者が不死帝《ふしてい》を襲ったという話が出たのは昨晩のことである。瑠璃《るり》宮は朝まで篝《かがり》火《び》が絶えず、夜半だというのに昼間のような明るさだった。

不死帝が襲われたところで後宮が騒ぐことはない。なにせ死を超越している帝《みかど》だ。太陽が蘇《よみがえ》り空を照らすように、不死帝も蘇って霞《か》を照らす。誰しも不死帝のことを案じていなかった。

「……暗殺者ですか？」

朝になってその話を聞いた董珠蘭《とうしゅらん》は言葉を失っていた。この後宮の宮女で唯一、不死帝の謎を知る者である。現不死帝は董珠蘭の兄、董海真《とうかいしん》だ。海真はどうなったのだろう。小さな怪我《けが》であればいいが、生命の危機に瀕《ひん》していたら——最悪の想像がよぎり、沈花妃《しんファフェイ》の髪を梳《す》く手が止まった。

「珠蘭？　どうしたの？」

「あ、いえ……少し考えごとを」

動揺してはならない。そう自らに言い聞かせ、再び髪を梳く。

明日は翡翠《ひすい》宮の伯花妃《はくファフェイ》が主催する茶会だ。不死帝も出席する予定と聞いたが、この騒ぎではどうなるかわからない。

海真や楊劉帆《ようりゅうほ》の様子は気になるが、こちらから瑠璃宮に行く用事がない限り、不用意に近づけず、彼らが訪ねてくるのを待つしかない。さして必要のない時には現れるくせに、こういう時はなかなかやってこなかった。

「今日、海真は来るかしら」

ぽつりと沈花妃が呟《つぶや》いた。切なそうな声音だが、珠蘭の位置からその表情は見えない。

「どうでしょう。瑠璃宮は忙しそうですから難しいかもしれませんね」

「そうね……」

あれから珠蘭は髪支度に呼ばれるようになった。瑪瑙《めのう》宮に来たばかりの頃を思えばやりがいがある。そのほか、用事もなく呼び出されることもあった。ほとんどが沈花妃が暇を持て余している時だ。几《つくえ》に果物や菓子が並び、茶を楽しみながら雑談を交わす。

つまるところ、珠蘭は沈花妃の信を得つつあった。だが、例えば沐浴《もくよく》や着替えといった身支度では呼ばれない。これは沈家から連れてきた馴染《なじ》みの宮女にしか任せていないようで、その時間になれば珠蘭は席を外すよう命じられている。

（今日の昼過ぎには仕事も減りそうだから、瑠璃宮の様子を見に行きたい。でも近づいた

らだめだろうか）

瑠璃宮での騒ぎがどうも気になる。海真は無事だろうか。

「ところで珠蘭。今日はあなたにお願いしたいことがあるの」

沈花妃がこちらを振り返って言った。少しの無言を経ての提案だ。どんな頼み事だろうかと、珠蘭は顔を強《こわ》ばらせて続きを待った。

「瑠璃宮の李史明《りしめい》に届物《とどけもの》をしてもらえる？」

騒ぎがあったばかりの瑠璃宮に立ち入ってよいのか。少しばかり考えてしまう。

だが沈花妃はふわりと微笑んだ。

「あなた、瑠璃宮のことが気になっているのでしょう？」

「……花妃にはお見通しですね」

「ええ。だって、わたくしも心配だから」

瑠璃宮が気がかりなのは珠蘭だけではない。沈花妃が珠蘭に届物を依頼したのは、史明に会うだけが目的ではないだろう。その意図はすぐに、形のよい紅色の唇からこぼれた。

「海真が無事か確かめてきてほしいの」

それが理由だと、珠蘭は薄々勘付いていた。沈花妃は不死帝ではなく海真を案じている。

沈花妃は不死帝の秘密を知らず、董海真のことを一介の宦官《かんがん》と認識している。もしも不死帝だと知っているのなら、不届き者が現れたと話の出たいま、落ち着いていられまい。

珠蘭にとって瑠璃宮はありがたい。瑠璃色に塗られた門柱は、色覚に問題を抱えた珠蘭でも視ることができる。海の色のような青色は故郷で蒼海色《そうかいしょく》と呼ばれ、他者と同じく認識できた。そのためこの瑠璃色は落ち着く。門柱を見上げて、清々《すがすが》しいほどの青さを目に焼き付けた後、中に入った。

想像と異なり瑠璃宮は落ち着いている。届物の旨を伝えると別室に通された。瑠璃宮は昼間でも明るい。不死帝の時世が絶えぬことを願って、燭台《しょくだい》は常に灯《とも》る。そのせいか室内はじっとりと湿り、外よりもやや暑い。金細工の施された瀟洒《しょうしゃ》な椅子に腰掛けてしばし待つと、史明と劉帆が現れた。

「やあやあ。君が来てくれるなんてね」

珠蘭の顔を見るなり劉帆は片手をあげて、からからと笑った。その後ろに立つ史明は今日も不機嫌そうな顔つきである。

「わざわざ届物ですか」

「沈花妃から李史明に渡すよう頼まれました」

「はあ。何も今日でなくたってよいものでしょう。どうせ届物を理由に瑠璃宮の様子を知りたかっただけでは」

ご明察だ、と心の内で史明を讃《たた》える。史明は変わらず態度がよくない。わざとこちらにも聞こえるようため息を吐く。

「しかしあなた、目立つことばかりしてくれますね。先日の瑪瑙宮の騒ぎは、私のところまで話が来ていますよ。記憶力のよい宮女が謀《たばか》りを曝《あば》いたともっぱらの噂《うわさ》です。私の遠縁という話になっていますから、もう少し行動を慎んでいただきたい」

それは珠蘭を陥れようとした水影《すいえい》に言うべきだ。とはいえ、機嫌の悪い史明を相手に口《くち》喧嘩《げんか》は避けたいので「善処します」と返すだけに止《とど》めた。

「ところで海真は？」

気がかりは海真のことだった。まさか怪我をしたのではないか。内心冷や汗をかきながら聞くと、劉帆が宥《なだ》めるように微笑《ほほえ》んだ。

「無事だよ。特に怪我もしていない」

安堵《あんど》の息をつく。沈花妃への良い報告もできそうだ。

「でも今回の騒ぎがあったから、翡翠宮の茶会は妃嬪《ひひん》だけで行われる。不死帝は欠席だ。とはいっても君は落ち着いていられないよ。茶会は他の花妃たちが集まる。君にとっては情報収集をする最適な場だろう——ちょうどいいから、いま話そうか」

それはいつぞや聞いた事件のことだろうか。劉帆は真剣な顔つきになる。

「半年前、珊瑚宮《さんご》の宮女が殺された。ところがこの事件は不可解な点があってね」

史明は手に持っていた後宮の図面を広げた。ここに来たばかりの頃に見せてもらったものだ。瑠璃宮、瑪瑙宮などが書きこまれている。

「一点目は見つかった場所だ。その宮女が見つかったのは、この場所」

劉帆が指したのは、宮の形は描いてあるものの名前が記されていない場所だった。翡翠宮と珊瑚宮の間、少し離れた奥の方にある。後宮内でも端の方だ。

「ここは黒宮《くろ》。昔は妃嬪の宮として使われていたらしいが、今は廃宮となってね、近づけば呪われると言われ、誰も近寄ろうとしない。その黒宮近くで遺体が見つかったらしい」

『『らしい』と断言できずにいるのは理由があるのでしょうか？」

珠蘭が聞くと、劉帆は「鋭いね」と笑った。

「遺体を発見し、通報したのは珊瑚宮の宮女だ。けれどおかしなことに、発見された場所には遺体の首しかなかった」

「胴体はどこに消えたんでしょう」

「さあな。他の者たちが調べたが、首が発見された場所の付近には少量の血痕《けっこん》しか見当たらず、争った形跡もない。あたりの土を掘り返し池の底も調べたが見つからなかった」

首を切り落とすとなれば相当な出血があるだろうに、少量の血痕となればおかしな話である。ここで首と胴体を切り離したとは考えにくい。

「普段は誰も近寄らない黒宮と、そこにあった首――これを君に調べてほしいんだ」

「私に犯人を捜してほしい、ということですか？」

「ううん……難しいね。犯人はもちろん気になるところだけど、調べてほしい理由は犯人捜しだけじゃない」

そして劉帆は再び黒宮の場所を指で叩《たた》いた。

「なぜ、誰も近寄ろうとしない呪いの黒宮に近づいたのか。僕はこれが知りたい。それがわかるなら最悪、犯人は見つからなくてもいい」

殺人事件の犯人でも動機でもなく、黒宮に近づいた理由。犯人は見つからなくてもいいとまで断言するのが不思議だった。

それに殺人事件の調査など恐ろしい。それが首しか見つからない凄惨《せいさん》な事件であるから余計に。嫌気たっぷりに顔をしかめた珠蘭だったが、すかさず史明が冷ややかに言った。

「拒否権はありませんよ。あなたが後宮にいる限り、この任がついて回ります」

「私が嫌がろうが絶対に調べろってことですね」

「当然です。不死帝の秘密を知った者として、あなたもご協力ください」

壕《ごう》から連れ出しておいてこの言い様である。史明を強く睨《にら》むが、冷淡な顔《かんばせ》に響くことはない。

史明と珠蘭の険悪な空気を裂くように、劉帆が手を叩いた。

「まずは珊瑚宮の調査……と行きたいけれど、翡翠宮も気がかりでね」

「翡翠宮にも何か？」

「どうも珊瑚宮の花妃は翡翠宮の花妃と仲がよろしくない。この事件の犯人は翡翠宮にいると主張しているんだ」

翡翠宮の花妃は伯《はく》家の次女、伯花妃。対する珊瑚宮は呂《りょ》家の長女、呂花妃だ。

「沈花妃が入内《じゅだい》する少し前に、珊瑚宮に呂花妃が入宮した。比較的新しい妃嬪だと言えるだろうね。序列も低い」

「序列としては、翡翠宮が一番……現在は伯花妃ですね」

「そうだよ。翡翠宮は後宮の頂点。名門伯家は絶大な力を誇り、翡翠宮に相応《ふさわ》しい」

珊瑚宮の呂花妃は、伯花妃に堂々と喧嘩《けんか》を売っているのだ。なかなか豪胆な花妃である。

「この揉《も》め事が後宮内で収まるならばよいけれどね。伯家と呂家の争いに発展しかねないから、まったく頭が痛い」

厄介な問題だ。だが珠蘭としては避けてはいられない。海真を解放するために頑張るしかないのだ。

「……とりあえず調べてみます」

「助かるよ。こちらもなるべく協力する。海真は忙しいから、僕がついていくよ」

劉帆は和やかに提案したのだが、史明がきりっと強く顔をしかめた。

「劉帆。あなたも遊んでいる暇はありません」

「いいじゃないか。自由は今だけだろう」

「腑抜《ふぬ》けのようですね。特にこの娘が絡むと気が緩むらしい。あなたの仕事は海真の側で視野や思考を共有すること。それを踏まえて行動してください。そもそもあなたは――」

これに劉帆が唇を尖《とが》らせる。だがねちねちとした小言は止まらず、日頃の不満を爆発させたとばかりに長く続いた。

話が終わったところで部屋を出る。史明と劉帆は仕事へと戻っていったはずが、珠蘭が瑠璃宮《るり》を出たところで劉帆が追いかけてきた。

「瑪瑙宮まで送ろう。暇だからね」

「いいんですか？　史明に怒られるのでは」

「付き合いが長いからね。怒られたってまったく構わない。慣れたよ」

瑠璃宮を出る際、また門柱を見上げた。目が覚めるほど青々としている。この色だけは他者とわかりあえることが、珠蘭にとって嬉《うれ》しかった。

「おや。この色は視《み》えるんだっけ？」

「はい。海のような青色は他の人と同じように視ることができます」

「じゃあこの色は、僕と同じように視えているんだ？」

珠蘭は頷《うなず》いた。するともう一度、劉帆が門柱を見上げる。

「……ふむ。稀色《まれいろ》の話を聞くと、同じ色を認識していることが奇跡のように思えるね」

「確かに。奇跡かもしれません」

それから劉帆は珠蘭の肩を優しく叩いた。

「困った時があればこの瑠璃色に逃げてくればいい。君の瞳《ひとみ》でも褪《あ》せず視える色だ、わかりやすい目印になる」

蒼海色だけ他人と同じように視えることが目印になるとか奇跡であるとか、そんな風に考えたことはなかった。軽い口調のくせに面白いことを言うから、口元が緩んでしまう。

笑顔の珠蘭に気づいたのか劉帆が足を止めて、その顔を覗《のぞ》きこんだ。背の高い劉帆がわざわざ腰を曲げて覗きこむ様子もまた面白く、珠蘭は再び笑った。

「いい笑顔だ。いつもそうやって笑っていればいいのに」

「宮女ですから。それは出来ません」

「だよなあ、勿体《もったい》ない。そうだ、僕が偉くなればいい。そして君を仕えさせるんだ。そうしたら君は一日中笑っていられるぞ」

「またそんなこと言って」

劉帆は次の不死帝候補だ。もし不死帝になったとしても身分を隠すため、珠蘭を特別扱いするなどできないだろう。夢物語だ。わかっていながらも、珠蘭の笑みを得るためそのようなことを語るのだ。悪い気はしない。

「後宮はたくさん人がいるから慣れないだろう？」

劉帆が訊《き》いた。

「そうですね。一人でいる時間があまりにも少なくて、閉じこもりたくなります」

「ははっ、閉じこもりたいってのは僕にない発想だ。面白い」

瑠璃宮を出て、毒花門《どっかもん》を越える。玉砂利の道を歩けば石のこすれる音が響く。その音を聞きながら、再び劉帆がこちらを見た。

「どうして君は壕に隠れていたんだ？　自分からあの場所に閉じこもった？」

「私の故郷では、蒼海色《そうかいしょく》のみ判別できる者を海神《かいじん》の贄姫《にえひめ》と呼びました。海に愛され、海に捧《ささ》げられたから、海以外の色を視ることができない――贄姫は、豊漁を願って壕に隠され、海を眺めて過ごす。そういう決まりです」

珠蘭が生まれ育った聚落《しゅうらく》では子供が物心つく年頃になると色の判別を試される。色覚異常の原因はわからないが、海神信仰の根深い聚落ではこれを喜び、海神に選ばれたとして崇《あが》めた。男児は漁師となることを定められ、女児は海神の贄姫として壕に隠し住まう。

選ばれた時のことはよく覚えていない。その頃は珠蘭の記憶力もそこまで良くなかった。うっすらと覚えているのは愕然《がくぜん》とこちらを見つめる海真のことだ。

「そうか……隠されていたのか……君も、ずっと一人で……」

か細いひとり言が耳朶《じだ》に触れ、珠蘭が顔をあげる。劉帆らしくない重たいものを孕《はら》んだ声音だった。彼はうつむいていたが、すぐに表情を戻しこちらを向く。彼が纏《まと》った暗さは一瞬にして霧散した。

「事情はわかったよ。壕に一人でいるのは寂しかっただろう？」

「最初の頃はいつも泣いていました。夜に眠ろうとしても、壕の通路を通ってうなる風や波の音が聞こえるんです。怖くて海ばかり見るようにしていました」

海を見ていろ。海神の贄姫であるから、海を愛せ。

聚落の者はそう命じた。夜の孤独に押しつぶされそうな時はその言葉を思い出し、海ばかり眺めた。

「そうしていくうちに心が冷えていきます。生きているのに止まっているような、不思議な感覚になります。船が沖に向かっていっても、私は隠されているから気づかれず、知られず。ここに存在しているのに認められていないような……空虚な気持ちです」

劉帆の表情が曇った。かける言葉が見つからないのだろう。唇は固く閉ざされている。

珠蘭の他にも海神の贄姫に選ばれた娘は何人もいる。珠蘭が使っていた壕も、過去に海神の贄姫となった者が使っていた。だが海神の贄姫に選ばれた娘は、長く生きられないことが多かった。閉塞《へいそく》的な環境により肉体はもちろん、精神を病む者も少なくない。珠蘭もそれに近づいていた。寄せては返す波ばかり尋常ではないほどに眺めていた。

「でもそれを兄様が止めたんです」

変わっていく妹に気づいたのは海真だった。珠蘭の興味を他に向けるべく、海真は書をたくさん読んではその内容を語り聞かせ、花や草など様々なものを持ってきては珠蘭に見せてくれた。

「……なるほど。海真が妹を気にかける理由も、君が兄のためにと動く理由もそれか」

壕を出て自由になる日はこないと思っていた。自由など考えたことさえなかった。それが今は都の中心、霞正城《かしょうじょう》にいるのだ。こんな日がくるとは露ほども思わなかった。

「どう、いまは外に出られて幸せ？」

この問いかけにしばし悩んだ。

壕にいた頃と後宮にいる今のどちらが幸せかを判断するのは難しい。殺人事件の調査を託されず、誰かに仕えることもなかったら、外の方が楽しいと答えたかもしれないが。

返答に悩む珠蘭を見かねて、劉帆が再び訊く。問いかけは形を変えていた。

「壕に戻りたい？」

これはすぐに返事がみえた。首を横に振る。

「今の方が……面白いです」

瑪瑙宮《めのう》には沈花妃や河江《かこう》がいる。瑠璃宮には海真と劉帆がいて、壕にいた時と違って様々な変化がある。誰かと知り合うことは難しくもあれば、楽しい時もある。

こうして瑪瑙宮についたものの、劉帆は中まで入らずに引き返した。なんだかんだ言いながらも忙しいらしく、彼は急ぎ足で去っていった。

＊＊＊

翌日は朝から宮女たちが慌ただしい。それは本日開催される翡翠宮茶会が理由だ。午後に開催されるとあって、朝から身支度で忙《せわ》しない。

珠蘭が沈花妃に呼び出されたのは、一段落ついた、まもなく正午刻になる頃だった。

部屋に入れば、沈花妃は細部まで装飾の施された襦裙《じゅくん》に被帛《ひはく》を纏い、髪は歩揺《ほよう》や簪《かんざし》を挿し、準備はすべて終えているようだった。どの衣も珠蘭の瞳には枯緑色《クーリュー》として映っているが、実際は瑪瑙を模した朱色や、それに近い色をしているのだろう。

沈花妃は微笑《ほほえ》んで向かいの席を指した。言われるがまま珠蘭は向かいに腰掛ける。

「茶会に行く時は、珠蘭もついてきてほしいの。他の宮の花妃もくるから役立つこともあるかもしれないわ。残念ながら不死帝はいらっしゃらないようだけれど」

珠蘭にとって翡翠宮や珊瑚《さんご》宮の妃嬪《ひひん》に会える絶好の機会だ。沈花妃の配慮がありがたい。

「ありがとうございます」

しかし困ったことがあった。茶会では、各宮の宮女たちも華やかな装いをする。衣は各宮で定められたものを着るが、髪は自由だ。仕えている宮の花妃よりも華美にならなければ許されるため、適度に飾り立てている。

珠蘭はそういった装飾品を持ち合わせていない。何も着けない宮女というのも、宮の品位を落とす。どうしたものか。

「何か困りごと？」

珠蘭の憂えた様子から察した沈花妃が訊く。

「相応しい装いなるものを持ち合わせていないので……どうしたものかと」

髪につけるもので持っているのは、瑪瑙宮に入る時にもらった髪飾りだ。普段から身につけているので特別な装いと言い難い。

すると沈花妃は笑った。口元を扇で隠してはいるが、くすくすと鈴を転がすような笑い声が響いている。

「そうだと思っていたの。あなたの荷物は史明が用意したと聞いたわ」

「……はい」

「あの唐変木に女人の必要な道具などわかるわけないもの。でも安心して、わたくしが貸すから」

史明を唐変木と言ってのけるのは沈花妃ぐらいかもしれない。ここに史明がいたらどんな顔をしていただろう。昨日の瑠璃宮での冷ややかな扱いを思うと、花妃の鋭い物言いがたまらなくおかしい。笑いを堪《こら》えるのが大変だった。

その間に沈花妃は厨子《ずし》から髪飾りを取り出した。宮女は花妃よりも華美にしてはならないという暗黙の了解がある。沈花妃が選んだのはどれも質素で目立ちすぎず、しかし品のよいものだ。

「ここに座って」

花妃が言った。指定された位置に座れば、ふわりと後ろに甘い香りが漂う。沈花妃が後ろにいるのだとすぐわかった。きっと、珠蘭の髪を飾ろうとしている。だが宮女を飾るなど妃嬪のすることではない。止めるべく慌てて振り返ろうとしたが、頭をぐいと押さえつけられた。

「だめよ。わたくしはこれが楽しみだったの。珠蘭の髪は癖のないまっすぐな髪でさらさらと流れるようだから、飾り付けてみたかったのよ」

花妃は頑《かたく》なである。これ以上は逆らえず、珠蘭は大人しく座るしかなかった。髪がさらさらと揺れる。沈花妃は鼻歌交じりで楽しそうに珠蘭の髪を結っていた。

几《つくえ》にはこれから使うらしい簪が並んでいた。そこに金や銀の簪がほとんどの中、一本だけ枯緑色の簪があった。他の簪に比べて足が太く、文様が彫り込まれている。よく見れば毛地黄《ジギタリス》の花だ。波打つ文様の合間に毛地黄の花が三つほど咲いている。

珠蘭が簪を眺めていることに気づき、花妃が口を開いた。

「それは朱色よ。瑪瑙で作られているの。わたくしが瑪瑙宮に入った記念として作られた簪なのよ」

「そんな高価なものを用意したんですか？」

「記念品として瑪瑙宮の宮女たちにも配られたのよ。皆、持っているわ。だから今日はあなたに着けようと思って。あなたも瑪瑙宮女の一人だから」

沈花妃はそう言って、簪を手に取る。不安そうな珠蘭を宥《なだ》めるように「他の宮女も、今日着けてくると思うから」と呟《つぶや》いて、簪を挿した。

翡翠《ひすい》宮茶会が始まった。場所は翡翠宮の奥にある亭《てい》だ。翡翠色をしているのだろう柱は霞の宝獣の一つである虎の装飾が施され、いくつも吊《つる》した玻璃《はり》の玉飾りは風が吹くたびに澄んだ音を響かせる。屋根の隅棟の先は跳ね上がるように反り、美しい曲線を描いていた。

そして翡翠宮の庭は壮観だ。手入れは隅まで行き渡り、様々な花や緑が植えられている。中でも翡翠宮の宮花である夾竹桃《キョウチクトウ》はいくつも植えられていた。時期がもう少し遅ければ鮮やかに咲くのだろうが、他の花たちが咲き誇っているので物足りなさは感じなかった。

(翡翠宮は夾竹桃……これも毒の花だ)

瑪瑙宮には毛地黄《ジギタリス》、翡翠宮は夾竹桃。例えば夾竹桃ならば、あの枝を切り落として燃やすだけで毒煙が出る。美しい花を咲かすが取り扱いは大変だ。

取り扱いが大変といえば花だけではない。ここに集まる五人の花妃も、なかなかに扱いが難しい。

不死帝は参加しないとなったものの花妃たちは皆仮面をつけている。沈花妃のように主催の妃からもらった仮面をつける花妃もいれば、自らの宮の仮面をつけている者もいた。

それらを眺めながら珠蘭は考える。

（ここで翡翠仮面をつけている花妃は、翡翠宮と友好関係を築いているのかもしれない。翡翠仮面をつけていない花妃は、敵対もしくはそこまで親しくないのかも）

中央に座しているのは主催である翡翠宮の伯花妃。彼女は翡翠の仮面をつけていた。顔《かんばせ》はあまりわからないものの、艶やかな黒髪を高い位置で結って垂らしている。立ち上がれば他の花妃よりも背が高いのでひときわ威圧感があった。

その隣には琥珀《こはく》宮の花妃と真珠《しんじゅ》宮の花妃が座っている。どちらも翡翠の仮面をつけていることから、翡翠宮の花妃とはよい関係を築いていると見てよい。

この並びは後宮内の序列となっていて、五人の中で新参である瑪瑙宮の沈花妃は末席に腰掛けていた。しかし伯花妃が何度も話を振っていることから、末席であるからといって二人の仲が悪いわけではないようだ。

（となると、やはり）

五人の花妃で唯一、異なる仮面の者がいた。珊瑚宮の呂花妃である。

仮面をつけているものの、眼光の鋭さは隠しきれず、隙あらば伯花妃を射るように睨《にら》みつけている。伯花妃もまた呂花妃のことを快く思っていないのか、彼女に話しかけようとはしなかった。

呂花妃と伯花妃の冷え込んだ関係に、他の者たちも気づいている。周りで咲く花も泣き出しそうなほど亭は重たく暗い空気が流れていた。

次に珠蘭は翡翠宮の宮女たちを見た。気にかかるは水影のことだ。最後に目撃されたのは翡翠宮周辺だと聞いたが――宮女の中にそれらしき姿はない。

（瑪瑙宮の宮女が少なすぎるだけで、翡翠宮にはたくさんの宮女がいる。ここに来ていない人もいるだろうし、水影を捜すのは難しい）

後宮は息苦しい場所だ。気になるものが多方面にあり、常に気を張らなければならない。険悪な花妃たちに消えた水影。珊瑚宮の殺人事件。頭が痛くなりそうだ。

「……やっぱり翡翠宮は寵愛《ちょうあい》の宮だものね」

他宮女たちの声が耳朶《じだ》に触れて我に返った。寵愛の宮という単語が引っかかる。

「いくら過去に不死帝が足繁《あししげ》く通ったからって、ここまで贔屓《ひいき》しなくてもいいのに」

「うちの宮も、これほど美しい亭があれば」

違和感が生じた。珠蘭は不死帝の秘密を知っている。人を入れ替えて続く不死帝が、誰か一人を寵愛することがあるのだろうか。

宮女はそこで話をやめてしまったので疑問が解決することはなかった。これについては劉帆に聞いた方がよい。頭の片隅にとどめておく。

（事件については、時間がある時に黒宮を調べてみよう）

黒宮は翡翠宮と珊瑚宮の間、後宮の奥まで歩いていったところにある。その方角に目をこらしてみるが、鬱蒼《うっそう》と茂る木に遮られていた。

（なかなか進まないな）

調べたいものはたくさんあるのにうまく行かない。もどかしさに俯《うつむ》こうとした時、呂花妃がこちらを向いた。

（……目が、合った？）

仮面の奥に潜む瞳《ひとみ》が、こちらを捉えた気がした。それは一瞬のことだが、気のせいでは片付けられない。仮面の奥にある瞳はきらきらと輝いて澄んでいた。


茶会が終わり、珠蘭は沈花妃と共に瑪瑙宮に戻ろうとしていた。翡翠宮を出て玉砂利の道を歩く。珊瑚宮を通り過ぎる直前で、その人物がこちらにやってきた。

「瑪瑙宮の董珠蘭ね？」

それは先ほど見たばかりの、珊瑚宮の主《あるじ》こと呂花妃だった。呂花妃は仮面をつけたまま、口元をにいと緩めて微笑む。

「董珠蘭に頼みごとがあって来たのよ。瑪瑙宮での一件を聞いたの。あなた、なかなか面白いじゃない。ぜひ珊瑚宮にいらして。お話を聞きたいわ」

固まる珠蘭だったが、このやりとりに気づいた沈花妃がやってきて助け船を出した。

「まあ、呂花妃。わたくしの宮女に御用かしら」

「噂《うわさ》の董珠蘭に声をかけただけよ——そうだわ、沈花妃も珊瑚宮にいらっしゃらない？　董珠蘭の武勇伝を聞かせてちょうだい」

珠蘭だけを誘うのかと思いきや、沈花妃も巻き込まれる形となってしまった。

相手は茶会でも翡翠仮面をつけなかった呂花妃である。翡翠宮の伯花妃と友好な関係を築くのであれば、ここで関わるのを避けるべきだ。

沈花妃の様子を盗み見る。仮面をつけたままとはいえ、悩んでいる様子が窺《うかが》えた。

「……では今度お伺いします」

しばしの間を置いたのち沈花妃は答えた。相手の誘いに乗ったのだ。この重大さをわかっている宮女たちが息を呑《の》む。

「よかった。美味《おい》しい茶と菓子を用意して待っているから、二人ともいらしてね」

誘いに乗ったことが喜ばしかったのか、呂花妃の声音は高い。早口でまくし立てるように言った後、優雅に礼をして去っていった。

嵐のようにやってきて嵐のように去る人だ。彼女の背を見送る沈花妃も苦笑している。

「断らなくてよかったのでしょうか？」

珠蘭は小声で聞いた。すると沈花妃はにっこりと微笑み、珠蘭の耳元で囁《ささや》いた。

「いいのよ。だってあなた、珊瑚宮に行かないと調べられないでしょう？」

沈花妃は珠蘭のために呂花妃の誘いに乗ったのだ。確かに珊瑚《さんご》宮女殺人事件を探るのなら珊瑚宮に近づく必要があるが、沈花妃がそこまで協力してくれるとは想像もしていなかった。こんなにも沈花妃によくしてもらっていいのだろうか。髪に挿した簪が重たいから余計に嬉《うれ》しく思えてしまう。

「……ありがとうございます」

素直に感謝の言葉を伝える。すると花妃が微笑《ほほえ》んだ。

「あら珍しい。あなたが嬉しそうにしているなんて」

「こ、これは感謝の気持ちを伝えようと――」

「照れなくてもいいじゃない。あなたの笑顔は可愛《かわい》らしいわ」

沈花妃が挿してくれた簪は重たく、けれど心地よい。

＊＊＊

後日、珠蘭は沈花妃と共に珊瑚宮へ向かった。

珊瑚宮は紅《あか》を基調とした宮だ。珠蘭には枯緑《クーリュー》色にしかみえなかったのだが、瞳について知っている沈花妃がすぐに色を教えてくれた。

「珊瑚宮も毒花が植えられているのでしょうか?」

珠蘭が問う。どこを見渡しても毒花が見つからなかったためだ。

「時期じゃないだけよ。珊瑚宮は紅の石蒜《ヒガンバナ》が咲くの」

「石蒜……やっぱり毒がある花なんですね」

「そうね。どこも毒花だらけよ、ここは霞の後宮だから」

毒花など些細《ささい》な出来事だと言うような軽さで、沈花妃が答えた。今日は非公式の集まりなので仮面をつけていない。

石蒜に珊瑚、紅の柱。どれも燃えるような紅色をしているのだろう。この瞳ではそれを稀色《まれいろ》としか映さないことが、少し寂しい。

二人は呂花妃と対面した。宣言通り、茶と菓子が用意されている。

呂花妃も仮面をつけていなかった。沈花妃と大して変わらぬ年齢に見える。赤茶けた髪は側頭部低めの位置で編み、輪のようになっている。装飾は質素なものを好むようだ。体つきはすらりと引き締まり、腕はほそりとしながらも筋肉のこわばりがわかる。体を動かすことが好きなのかもしれない。

その呂花妃は目を光らせ、珠蘭に顔を寄せた。

「待っていたのよ。董珠蘭が大立ち回りをした話を聞かせてちょうだい」

「い、いや……大立ち回りは大袈裟《おおげさ》すぎるかと……」

「あら。でもあなた、記憶力がよいのでしょう？　難事件も解決できるとか」

噂が一人歩きしている。難事件の解決など初耳だ。どこぞの宮女たちが面白おかしく話しているのだろう。勘弁してほしいとため息をつきながら、珠蘭は丁寧に説明する。

「記憶力は確かによいです。でも難事件の解決は難しいかと」

これ以上厄介な噂が広まらないよう発したものの、呂花妃の耳には入らなかった。

「ねえ。あなたに難事件の調査を依頼したら、引き受けてくれるのかしら」

「ですから、難事件の解決は難し――」

「これを見てちょうだい」

瑪瑙《めのう》宮の一件を聞く名目で珠蘭を呼んだくせに、呂花妃はこちらの話を聞こうとしない。話を誘導しようとしているふしがある。ここに呼んだ目的があるのだ。その意図をようやく察し、珠蘭は言いかけたものを飲みこんだ。

彼女は厨子《ずし》から簪《かんざし》を取り出した。それは茶会で沈花妃が珠蘭に挿してくれたものと似た、足の太い簪だ。文様が彫り込まれている。珠蘭の瞳には枯緑色としか映らなかったが、確実に瑪瑙宮の簪と違う点があった。

（文様の花が違う）

波濤《はとう》の間に咲く花が、瑪瑙宮の手地黄《ジヤタリス》ではない。何の花だろうかと考えていると、隣に腰掛けていた沈花妃が表情を強《こわ》ばらせて呟いた。

「翡翠《ひすい》の……簪《かんざし》……」

声が喉に張り付いてしまったように嗄《か》れている。それほど驚いているのだ。

(これが翡翠色の簪をしているなら描かれている花は翡翠宮の宮花——夾竹桃《キョウチクトウ》)

これは翡翠宮で作られた簪だろう。簪に彫られた夾竹桃の花は三輪。

不思議なことにこの簪は欠けていた。文様が途切れた先で折れている。

まじまじと眺めていれば、席に戻った呂花妃が口を開いた。これから語るものが珠蘭を呼び出した本当の理由だと告げるように真剣な顔つきをしていた。

「珊瑚宮の宮女が殺された話は、知ってるかしら?」

「聞いたことがあります」

「じゃあ話が早いわね——この簪は、殺された宮女の近くに落ちていたの。第一発見者は珊瑚宮《うちのきゅう》うちの宮女でね、この簪も一緒に見つけたのよ」

視線だけを動かして隣の様子を窺えば、沈花妃は口元を扇で隠して固まっていた。絶句しているのだろうが、その表情を見せぬよう隠しているのだろう。しかし瞳は不安を示すように揺れていた。

「簪の折れた先はわからない。でもこれがそばにあったのだから、翡翠宮の者が宮女を殺したのよ」

「このことを瑠璃《るり》宮や宦官《かんがん》たちには伝えましたか?」

珠蘭が訊《き》くと呂花妃は頷《うなず》いた。

「もちろん。犯人を捜してもらいたかったから——でも事件は未解決のまま片付けられようとしている」

「未解決って……どうして」

咄嗟《とっさ》に聞いたのだが、珠蘭の問いかけは呂花妃の顔色を変えた。声音は悲痛に沈み、うつむきながら答える。

「相手が翡翠宮だからよ。伯花妃に誰も逆らえない」

線が、繋《つな》がった気がした。

呂花妃が翡翠宮の伯花妃に強硬な態度を取るのはこれが理由だ。珊瑚宮女の遺体そばにあった翡翠の簪。しかし誰に訴えても翡翠宮にいるだろう犯人を捜そうとしないから。

（……でも、引っかかる）

線は繋がれど、まだ腑《ふ》に落ちない。簪ひとつで翡翠宮の誰かが犯人と決めつけるのは尚早だ。例えば、殺された宮女が何らかの理由で翡翠簪を持っていただけかもしれない。様々な可能性が秘められていて、犯人だと断定できない。

もう一つ気になるのは、第一発見者についてだ。

「遺体を発見した珊瑚宮の宮女は、なぜ黒宮に近づいたのでしょうか？」

呂花妃は唇を真一文字に結んだまま。珠蘭がさらに問う。

「黒宮は廃宮。近づけば呪われるとの噂を聞いたことがあります」

「そうね。わたくしも聞いたことがあるわ。後宮にきたばかりの頃、黒宮に近づいてはならないと教えてもらったもの」

「黒宮は後宮の外れにあります。ここからでも随分と歩くはず。呪いだなんて物騒な話のある宮にどうして向かったのでしょう」

するとと呂花妃はようやく口を開いた。震えた声で答える。

「殺された宮女は樹然《じゅねん》と言うの。朝から樹然の姿が見えなくて、うちの宮女たちが捜し回ったのよ。でもどれだけ捜しても見つからなかった。黒宮の呪いは私も皆も存じていることで、誰も近寄りたがらなかった。だから最後に向かったの――そして黒宮の近く、柳の木の下で樹然の首を見つけたわ」

言い終えると、呂花妃の瞳《ひとみ》から大粒の涙がこぼれた。爪が食いこむ音が聞こえそうなほど強く、手を握りしめている。

「樹然は……大切な宮女だったの……私が珊瑚宮にきた後で、呂家からわざわざ追いかけてきてくれた。信頼できる、大切な存在だったわ」

涙は拭《ぬぐ》わず、頬を濡《ぬ》らしたまま。その瞳が悲しげに煌《きら》めいた。

「お願いよ。樹然を殺した犯人を捜して」

これが、呂花妃が頼みたかったこと。呼び出しの真意にようやく触れれば、それはひどく重たい。珠蘭は小さく息をついた。

「……私は、難事件の解決ができるわけではありません」

珠蘭は宥《なだ》めるように告げる。彼女の瞳があまりにも憂えて美しいから、目を合わせることはできなかった。

「自分にできることをしているだけですから、犯人を見つけると約束はできません」

呂花妃にとって珠蘭は、事件解決のための最後の寄辺だったのかもしれない。裏切られたように悲しげな顔をした後、涙を拭う。

「……あなた、正直者なのね」

涙声で呂花妃が言った。

「約束はできなくともいいわ。でもあなたが後宮で、この件に関わる何かを見た時、教えてちょうだい」

珠蘭は静かに頷いた。

（呂花妃は……犯人が見つかった時、どうするのだろう）

呂花妃の手のひらに残る爪痕は強い感情を示していた。

部屋を出て、渡り廊下を歩く。じわりと暖かな風が心地よい。庭を見るが、そこは寂しい荒れ地だった。

「時期がよければ珊瑚宮の庭が美しいと聞いたことがあるわ」

沈花妃は暗い話など忘れたように明るく微笑んでいる。呂花妃も誇らしそうに頷いた。

「石蒜が咲いてそれはそれは綺麗《きれい》なの。咲いたらぜひいらしてね」

「まあ楽しみだわ。その頃にまた伺いましょうね、珠蘭」

二人は和やかに庭を見ている。あたりは雑草もわずかにしか生えていない。石蒜は多年生の球根植物だ。花から球根まで全草に毒を持つ。石蒜は一部の植物の生長抑制作用を持つため、植えられているのだろう一帯は他よりも雑草の数が少なく、閑散とした印象を与える。咲き頃以外は寂しい庭だ。

そしてふと、庭園の奥に目をやった時である。小さな池の向こう、そこに花が咲いているような気がした。

「……あれは何を植えているんですか？」

珠蘭が呟《つぶや》くと、呂花妃は足を止めた。

「毒花だけの庭なんて寂しいでしょう？　石蒜の咲かない頃でも、お花があれば心が凪《な》ぐから、私が勝手に植えたの」

ここからは色の判別が難しい。しかし花弁の形から花が咲いていることはわかる。目をこらしている珠蘭に気づいた呂花妃は、くすりと微笑みながら告げた。

「見せてあげるわ。こちらにきて」

案内されて庭の奥に寄る。花壇は、花だけではなく葉牡丹《はぼたん》や石菖《せきしょう》といった草も植えられて賑《にぎ》わっていた。

「毒のない花よ。土壌から替えなきゃいけないから少し大変で」

「とっても綺麗よ」

陶酔した呟きは隣の沈花妃である。

呂花妃が語ったように、別のところから土を運んできたらしく、土の色が周囲と異なる。ほどよく削り磨かれた御影石《みかげいし》で囲っていた。

呂花妃は身を屈《かが》めて、花壇を見やる。愛《いと》し子を眺めるように、穏やかに微笑《ほほえ》んでいた。

「この手入れが毎日の楽しみなの。季節に合わせて花も植え替えようと思っていて」

「素敵な楽しみね。わたくしの庭園でも花壇を作ってみようかしら」

二人が微笑みあう中、珠蘭はまだ花壇から視線を剝《は》がさずにいた。

石蒜の荒れ地とは違う、緑の園。それは毒花溢《あふ》れる後宮でも珍しく清らかなる場所。

珠蘭の稀色の瞳は、花壇を目に焼き付けていた。褪《あ》せた枯緑色の園を。

＊＊＊

翌日は、今にも雨が降りそうな鼠色《ねずみいろ》の天気だった。空を覆う重たい雲を見上げながら、珠蘭は翡翠宮を目指す。

　これは沈花妃からの頼まれ事がきっかけだった。翡翠宮への届物を依頼された。先日の茶会のお礼として、河江が焼いた菓子を持っていってほしいと頼まれたのだ。

（というのは表向きで、自由に散策していいってことだと思う）

依頼の真意は汲《く》んでいる。珊瑚《さんご》宮の事件について調べるのなら翡翠宮のことも調べねばならない。発見現場となった黒宮も気になっている。

茶会で通った道を辿《たど》れば翡翠宮につく。寵愛《ちょうあい》の宮だと噂《うわさ》されていた翡翠宮は、改めて見上げれば荘厳な作りだ。他の宮よりも広く、細部まで豪奢《ごうしゃ》に飾られている。

門柱に翡翠宮女が見えたので珠蘭は声をかけた。

「瑪瑙宮から届物を持って参りました」

「……瑪瑙宮から？」

反応はどうにもよくない。その宮女は眉間《みけん》に皺《しわ》を寄せ、珠蘭の顔を矯《た》めつ眇《すが》めつ眺めている。不審者だと疑われているのだろうか。

「ここでお待ちください」

　宮女はそう言って、奥に戻っていった。

　しばらく待つと、数人の宮女を引き連れて戻ってきた。皆の顔が険しい。珠蘭の来訪が快く思われていないことをひしひしと感じる。

「届物はこちらで受け取ります。お下がりください」

先頭に立つ宮女は冷ややかに言い放った。他の宮から来たのだ、もう少し柔らかな態度を取ってもよいだろうに、翡翠宮女たちは頑《かたく》なだ。

「翡翠宮は開かれた時以外、他の宮女を迎え入れません。これ以上踏みこめば伯花妃の怒りを買いますよ」

「……わかりました」

たかが届物なのにここまで言われるとは。ため息をつきながら珠蘭は籠《かご》を渡す。

すると籠を受け取った宮女は、その中身を確認し――庭に放り投げた。

「な、何を――!?」

河江が焼いた菓子は地に落ち、ぐしゃりとへこんでいた。さらに宮女の一人が菓子を足で踏み、地面にこすりつけている。もはや原形を止《とど》めていなかった。

せめてもと泥のついた籠を拾い、珠蘭は宮女たちを睨《にら》む。

「どうしてこのようなことをするんですか」

「他の宮からの届物など必要ありません。花妃への毒が入っているのでしょう」

「毒など入っておりません」

言い返すも宮女たちの耳には届かない。用は終わったとばかり、宮女たちが背を向ける。

珠蘭は翡翠《ひすい》宮の奥に戻っていく背を睨むことしかできなかった。

(伯花妃と沈花妃の仲は悪くないはず。なのに届物を受け取らないのはどうして)

珠蘭はその場を離れることにした。長く居座って、いらぬ誤解をされては困るためだ。翡翠宮への届物はうまくいかなかったが、帰りは黒宮に寄ろうと決めている。翡翠宮の周囲をぐるりと回って黒宮に向かうことにした。

そうしてしばし歩くと、遠くに翡翠宮の渡り廊下が見えた。誰かが歩いている。艶々とした黒髪から伯花妃だ。その顔に仮面がついている。ほとんどの花妃が、宮では仮面を外しているのだと聞いた。そのため伯花妃が仮面をつけて渡り廊下を歩いていることが異質のように思える。

花妃は時折足をとめ、あちこちを見渡しながら、渡り廊下をゆっくりと歩く。その姿が宮の中に消えた後、珠蘭は再び歩き出した。


風がじっとりと湿度を孕《はら》んでいる。時折空を見上げながら黒宮を目指して歩く。後宮の奥へ進むにつれ、伸びた雑草が目立つ。砂利道はいつしかなくなり、獣道になっていた。呪われた黒宮に近寄る者はいない、というのは本当かもしれない。人の往来を感じさせるものはあまりなかった。鬱蒼《うっそう》と茂る草木がそれを強く感じさせる。

獣道をしばし進むと、次第にあたりが開けていく。道に砂利は敷いていないものの、雑草は随分と減った。ここだけ誰かが手入れをしているのかもしれない。

黒塗りの建物が見えた。他の宮と似た門柱がある。あれが黒宮かもしれない。

（名前通りに黒い宮だけど、想像よりも朽ちてはいない）

廃宮と聞いていたので朽ち果てた建物を想像していた。しかし黒く塗られているだけでそこまで古さは感じない。むしろ綺麗だ。

黒宮に近づこうとした時である。

「お嬢さん、そこで何をしているんだい？」

嗄《しわが》れた声がして珠蘭はびくりと体を震わせる。

近くの茂みが揺れ、そこから現れたのは灰白色《かいはくしょく》の袍《ほう》を着た老宦官《かんがん》だった。腰は曲がり、木の枝を杖《つえ》代わりにしてゆっくりとこちらに寄ってくる。

「ここは黒宮。呪われた宮だ。宮女が近づいていい場所じゃあない」

「すみません。道に迷って」

嘘《うそ》をつきながら、宦官の顔を盗み見る。老宦官は仮面をつけていた。

（枯緑色……紅《あか》か緑、どちらの色だろう）

自らの腕につけた二本の腕輪と見比べればある程度はわかるのかもしれないが、老宦官の射るようなまなざしを受けながら、腕輪の色と見比べることはできない。

鼻先や口元は見えているが、そこには深い皺が刻まれている。特にほうれい線のあたりは土気色をした肌が重たく垂れているようだった。

「来た道を戻ればいい。黒宮に近づいてはならん。おぬしも呪いを受けることになるぞ」

老宦官は怒っているような、からかっているような声だった。彼の真意がなかなか読めず、その顔を見る。

(あれ……？　どこかで見たことがある？)

確証はない、がなぜかそう思った。

瑪瑙《めのう》宮にこれほど老いた人はいなく、瑠璃《るり》宮でも見かけない。だというのにこの唇の形と、特徴的に垂れた耳。

(誰かに似てる)

食い入るように見ていれば、視線に気づいたらしい老宦官が慌てて顔を背けた。その拍子に何かがぱらりと落ちる。

(いま落ちたのは……粉？)

粉のようなものがぱらぱらと落ちたように見えたのだ。そのことに気づいているのかはわからないが、老宦官が言う。

「はよう戻るがいい。ここに長居してはならん」

違和感はそれだけではない。肩だ。杖をついた時の肩の動きがおかしい。

男性と女性は体つきが違う。男性は肩幅が広く、それに比べて女性の肩幅は狭い。中には女性のような体つきをした男性もいるが——この老宦官の肩はどちらとも違う。腕の動きと少しずれて肩が動く。

何にせよ、戻った方がいい。珠蘭はそう判断して、一揖《いちゆう》の後に背を向ける。来た道を引き返そうと踏み出そうとして、立派な柳が目についた。

(呂花妃は『黒宮の近く、柳の下で樹然の首を見つけた』と言ってたけど、この柳かな)

他に柳は見当たらない。この木が遺体の発見現場かもしれないと考えたが、数歩ほど寄ったところで老宦官に引き止められた。

「ならんぞ。おぬしも呪われると言うておる」

「でも、この柳が気になって」

立派な柳だ。枝は垂れ、風に揺られて葉が鳴る。幹も太く、随分と古くからここにあるのだろう。陰鬱とした黒宮周辺で、ここだけが洗練された場所のようだった。

そっと幹に触れる。特に目立った傷はない。ここに遺体があったのか疑わしくなるほど普通の柳だ。

「ここは、人が殺された場所じゃ。おぬしもあの男に祟《たた》られるぞ」

その言葉に、珠蘭は振り返った。

「ここで男が死んだんですか？」

「柳の下で、胸を突かれて男が死んだ。苦しむ男は柳に呪いをかけている。早々に立ち去らねばおぬしにも呪いが降りかかるぞ」

珠蘭は首を傾《かし》げながらその言葉を反芻《はんすう》する。

(死んだのは、珊瑚宮の宮女のはず。でもここで『男』が死んだ?)

もう一度柳の幹を見る。よく見れば、樹皮《じゅひ》に何かが引っかかっている。布の切れ端だ。老宦官に気づかれぬようさっとその切れ端を取る。どうやら樹皮に引っかかって裂けたものらしい。

(手触りはそこまで良くない。たぶん宮女の襦裙《じゅくん》だ。となると——)

珠蘭は切れ端を手中に隠して、振り返った。

「ご忠告ありがとうございます。戻ります」

「その方がよい」

老宦官が喋《しゃべ》るたびに何かの粉がぱらぱらと落ちる。本人もそれに気づいたのか口元を手で隠していた。すらりと細く、白い手だ。老いた顔つきには不釣り合いなほど綺麗《きれい》だ。

警戒しながら珠蘭は背を向け、歩き出す。老宦官が追いかけてくる様子はなかった。

瑪瑙宮に戻ると薄藍色の袍が見えた。劉帆だ。彼も珠蘭に気づきこちらにやってくる。

「来ていたんですね」

「海真と共に来たけれど、いつもの通りさ」

ため息をつく劉帆の姿に、同情してしまう。あの二人はまた話し込んでいるのだろう。

「暇を潰《つぶ》そうと君を探せば、翡翠宮に行ったと聞いてね。待っていたけれど、まったく帰ってこない。いったいどんな寄り道をすればこんなに遅くなる」

「黒宮に行ってきました」

「呪われた宮と噂されているのに一人で行くとは、その豪胆さには驚かされるよ」

珠蘭としては劉帆に聞きたいことがあった。早速、襦裙の切れ端を彼に見せる。柳に引っかかっていたものだ。

「呂花妃に聞いた遺体の発見現場でこの切れ端を見つけました。色が判別できなかったので、劉帆に見て頂ければ」

劉帆はそれをまじまじと眺めた後、告げる。

「ふむ、紅色だ。これは珊瑚宮の宮女が着るものと同じ」

となれば、あの場所に珊瑚宮女がいたことは間違いない。柳の樹皮に引っかかり千切れるような何かがあった。だが老宦官は男が死んだと言っていた。どうにも結びつかない。

「劉帆は殺された宮女の首を見ましたか？」

「見たよ。生首ってのは、あんまりいいものじゃないね」

「……男だった、ということは？」

おずおずと聞けば、劉帆が目を丸くした。

「男が殺されたといいたいのかい？　それはない。黒宮で見つかったと聞いたのは珊瑚宮女の話ぐらいだ。それに後宮に宦官ではなく『男』がいたなんてよくない話だね」

珠蘭は低い唸《うな》り声をあげて考えこむ。

(呂花妃は柳の木の下で樹然の首を見つけたと言っていたけれど……この切れ端は襦裙。胴体があの場にあったということだ。胴体が見つからなかった理由は——)

頭の中で整理していた時、前方の戸が勢いよく開いた。

「……そんな話、聞きたくなかった」

現れたのは沈花妃だ。その顔《かんばせ》が涙に濡《ぬ》れている。部屋には海真が残っていて、花妃を引き止めようと手を伸ばしていたが——。

「嫌よ。聞きたくない！」

花妃が叫び、逃げるように廊下を駆けていく。騒ぎを聞きつけた宮女たちは沈花妃を追いかけていったが、現状を理解できない珠蘭は呆然《ぼうぜん》と立ち尽くすしかなかった。

部屋から出てきた海真が珠蘭と劉帆に気づき、声をかける。

「……二人とも戻ってきていたんだな。驚かせてすまない」

海真は深く息をついて、壁にもたれかかり座った。精神的に参っているのかもしれない。

顔色がよくない。

その海真に近づいたのが劉帆だ。顔を覗《のぞ》きこんで、聞く。

「花妃に伝えた？」

「……ああ」

「それでこの騒ぎか。前途多難だねえ」

一体何を伝えたのだろう。珠蘭が理解できずにいると、劉帆がこちらを向いた。

「今日ここに来た用事は沈花妃に伝えることがあったからでね。なあに些細《ささい》な用件だ。近日、瑪瑙宮に不死帝の渡御があるって話だよ」

想像もしていなかった言葉に、喉《のど》がぐっと詰まったように苦しい。

不死帝の渡御は数年ほどない。どの宮も共通である。それでも各宮はいつでも不死帝を迎え入れる準備があると宣言していた――瑪瑙宮を除いては。

瑪瑙花妃は不死帝を迎え入れない。これは後宮内の序列を揺るがし、瑪瑙宮の立場を苦しくさせるものだ。

「ごめん、先に瑠璃宮に戻ってるよ」

海真はそう言い残して立ち上がる。弱々しい背だ。沈花妃を泣かせてしまったことが彼にとって悔やまれるのだろう。

立場を思うのなら、不死帝を受けいれた方がよい。しかし沈花妃は強情だ。

「……許されないものだね」

海真が出て行くのを見送った後、苦々しげに劉帆が呟《つぶや》いた。

「この後宮は毒だから。恋なんて許されない。帝《みかど》も花妃も、宮女も宦官も、みんな」

廊下は爽《さわ》やかな風が吹いている。遠くの方ではすすり泣く声が聞こえた。どこかで沈花妃が泣いているのだろう。

「他の宮女が『翡翠宮《ひすいきゅう》は寵愛《ちょうあい》の宮』と言っていたのを聞いたことがあります。過去にそういう事例があるのなら、恋や寵愛も許されるのでは？」

「それは先代の翡翠花妃かな」

あっさりと劉帆は答えた。

「不死帝は一時期、翡翠花妃をひどく愛《め》でたらしい。とはいえ――わかるだろう？」

劉帆が言葉を濁して聞いたのは、不死帝の秘密のことだ。当時の不死帝が一人を愛したとしても、不死帝が死んで次の代になれば愛は終わる。同じ不死帝のくせに、中の人間が替わるのだから当然だ。

「先代翡翠花妃は姿を消し、今の翡翠花妃に替わった。この後宮では寵愛なんて移ろうものだから、恋も愛も許されぬ場所だ」

劉帆は悲しげに呟いた後、廊下の奥を見やる。

「……誰しもわかっていると思ったけどね」

その言葉は珠蘭に向けられたものではない。廊下の奥にいる涙の主か、それとも瑠璃宮に向かう弱々しい背か。

昼間の重たい雲は失《う》せ、宵闇を黄金色の月が照らす。月は丸く大きいので眩《まぶ》しい夜だ。回廊を歩けば涼しい風が吹いて心地よい。

自室に戻ろうとしていた珠蘭も、その心地よさに足を止めた。廊下の柵《さく》から身を乗り出して月夜を見上げる。

庭に誰かがいるのが見えた。沈花妃だ。彼女も庭に下りて、月夜を見上げている。

「沈花妃。お体が冷えますよ」

外気はほどよい涼しさとはいえ薄着でいれば風邪を引く。珠蘭が声をかけると沈花妃は振り返って微笑《ほほえ》んだ。

「いいのよ。頭を冷やしたいから」

瞳《ひとみ》は腫《は》れていた。散々泣いていたのだ、腫れは明日まで残るだろう。

花妃は珠蘭の隣へ行き、静かに呟いた。

「不死帝の渡御について聞いたかしら？」

珠蘭が頷《うなず》くと、花妃は月夜を見上げたまま、ゆっくりと呟く。自らその言葉を噛《か》みしめるように。

「このような態度を取っていればわたくしも、瑪瑙《めのう》宮の皆も、立場が悪くなる。わたくしが頷けばいいのだとわかっているの。いつかその日が来ることも覚悟していたの」

そこで少しの間を置いた。潤んだ瞳から一粒の涙がこぼれ落ちる。

「でも聞きたくなかった。海真の口から、それだけは聞きたくなかったの」
薄々と、二人の関係は察していたが、この涙が確証となった。
沈花妃は恋をしている。相手は董海真だ。
珠蘭は沈花妃の人柄をよく思っている。兄を解放するために後宮に送りこまれていると
はいえ、瑪瑙宮に送りこまれ、沈花妃と出会えたことは珠蘭にとっての幸いだ。だから、
沈花妃が兄を好いていると知り、くすぐったいような心地になりながらも不快感はまった
く生じない。苦労してきただろう兄はよき人と出会えたのだと心の底から思える。
だが、それはこの環境でなければの話だ。
(今の不死帝は兄様だから……本当は結ばれるかもしれないのに)
ここが後宮でなければよかった。毒花の園でのそれぞれの立場は障壁となっている。
沈花妃が不死帝の正体を知れば安堵《あんど》して受け入れるだろう。だが不死帝の秘密を知るの
は限られた者だけ、海真は告げることができない。
想《おも》い人への気持ちと、宮を背負う花妃の責。
もどかしさが胸中で暴れて、苦しい。沈花妃の涙が恋を秘めて、月夜に煌《きら》めいているか
ら余計に。
(……二人を見守ることも、つらい)
不死帝の秘密も、二人の恋心も知っている珠蘭は、唇を嚙みしめることしかできなかっ

た。沈花妃にかけるべき言葉が見つからない。

「恋なんて許されなかったのよ」

その呟きが夜に溶ける。珠蘭に、そして沈花妃自身に向けての、切ない独言だった。

＊＊＊

翌日。珠蘭は珊瑚《さんご》宮へ向かっていた。沈花妃には珊瑚宮に行く旨を伝えてある。それもこれも先の珊瑚宮女殺人事件についてだ。

(仮説を確かめたい。きっと珊瑚宮は隠し事をしている。それを明かさないと犯人に辿《たど》り着けない)

問題は呂花妃が隠し事を認めるかである。こればかりは難しい。

どうしたものかと考えながらも珊瑚宮へ向かう。庭に出ていた宮女に声をかけた。

「呂花妃はどちらに？」

「先ほど散策に出てしまったの。花妃は花壇作りに夢中でね、素敵な植物がないか後宮内を探しているのよ。翡翠宮には立派な庭があるんだから分けてもらえばいいのに」

花妃が不在ならば諦《あきら》めるしかない。珠蘭は礼を伝えて、珊瑚宮を離れた。

(先に黒宮に行こう。手がかりが残されているかもしれない)

そうして黒宮に向かおうとした時だ。遠くから枯緑色の衣を纏《まと》った集団がやってきたのが見えた。先頭にいるのは翡翠宮の伯花妃である。この天気だ、散策に出たのだろう。

珠蘭は道端に移動し、頭を下げた。伯花妃一行はそのまま通り過ぎるかと思いきや――

伯花妃の足が止まった。

「……瑪瑙宮の董珠蘭」

強《こわ》ばった声が落ちる。珠蘭は返事をしながらもより深く頭を下げた。

「なぜここにいる？　向こうは黒宮だ、近寄ってはならぬ」

こうして伯花妃が声をかけてくれたことは好機だ。事件について知りたいことがある。どうにかして翡翠宮の簪《かんざし》を見せてもらわなければ。

どう伝えればよいだろうかと悩み、珠蘭は顔をあげた。

「先の、珊瑚宮女が亡くなった件について調べています」

正直に伝えると、伯花妃の後ろに並んでいた翡翠宮女たちがざわついた。伯花妃は仮面をつけているため表情がわかりづらいが、声音は硬い。

「それは我も知っている。珊瑚宮の呂花妃は、我が犯人だと思うているのだろう？」

「はい」

すかさず返事をした。これにまたしても宮女たちが騒ぐ。

「どうだ？　おぬしも我が疑わしいと思ったか？」

「わかりません。それを調べていますから」

呂花妃や沈花妃と違って、伯花妃の目つきは鋭い。仮面の奥にある瞳は冷えていて、嘘《うそ》偽りを並べようものならすぐに見抜かれてしまいそうな迫力がある。

この人に嘘偽りはよくないと直感し、珠蘭は素直に述べるようにした。それが功を奏したらしく、伯花妃はにやりと口元を緩めた。

「我の問いに肯定も否定もしないときたか……ふむ」

開いた扇を勢いよく閉じる。それから振り返って宮女たちに告げた。

「散策はやめだ。翡翠宮へ戻る。董珠蘭よ、おぬしもついてこい」

「花妃……それは……」

「この者がどのように調べているのか興味深い。我も知りたいのだ。引き返すぞ」

すると一人の宮女が花妃の前に歩み出た。いつぞや珠蘭が持っていった届物の菓子を踏みつけた者だ。

「この者は瑪瑙宮の手先です。いつ伯花妃の御身を襲うか知れませせぬ」

その宮女が喋《しゃべ》るたび、ぱらぱらと粉のようなものが落ちる。

(土……泥……?)

乾いた泥が粉になって落ちていくのに似ている。それは口元から落ちているらしい。気になったが記憶を辿る間はなかった。

「構わん。この者を連れて戻るぞ」

宮女の提案を一蹴《いっしゅう》し、伯花妃は翡翠宮へと歩き出す。珠蘭もそれについていった。

翡翠宮は、外観だけではなく室内までも豪奢《ごうしゃ》な作りだ。珠蘭は客人のように迎え入れられ、伯花妃の部屋に通された。

几《つくえ》には湯気が立ち上る花茶が置いてある。珠蘭の分もあるが口を付けるのには抵抗があった。珠蘭が持ってきた届物を踏み潰《つぶ》すような宮だ、毒が入っていたら敵《かな》わない。

警戒心を持ちながらも対面する伯花妃に意識を向ける。仮面はつけたままでも、肌の白さやすらりと尖《とが》った顎《あご》がわかる。彼女が首を動かすたび、艶々とした黒髪やそれに挿した歩揺《ほよう》が音を立てる。座る姿は、後宮の序列一位を思わせる品格を纏っていた。

「瑪瑙宮に面白い宮女がいると噂《うわさ》を聞いておる。珊瑚宮女の件で疑われるのは好ましくないからな。我に聞きたいことがあれば言うがよい、手伝ってやろう」

珠蘭は礼を述べ、それから顔をあげた。

「では、翡翠宮の簪《かんざし》を見せていただけますか？」

「翡翠で作られた簪だろう？　花妃の代替わりを祝って作られるものだ――待っていろ、いま見せてやる」

伯花妃はそう言って翡翠の簪を持ってきた。

「くれてやることはできぬが、存分に見るがいい」

「ありがとうございます。見せてもらえれば、それで充分です」

足の先は当然のごとく折れていない。太い簪は文様が彫られ、波濤《はとう》の間に夾竹桃《キョウチクトウ》。

珠蘭はその文様をじいと眺める。

（もしかすると、これは――）

記憶を辿るべく、目を閉じる。壕《ごう》から眺めていた海を思い浮かべ、集中力を高める。体がすべて蒼海色《そうかいしょく》に溶けたような錯覚がすればよい頃合いだ。身につけた二つの腕輪の文様を指でなぞり、記憶を辿る。

細部まで鮮明に浮かぶのは珊瑚宮で見せてもらった翡翠簪。さらに沈花妃が教えてくれた瑪瑙宮の簪も思い出す。

（……犯人が、わかったかもしれない）

伯花妃が取り出した翡翠簪に、夾竹桃の花は四輪ある。それがこの事件の散らばった点を結びつけるものだった。

「不思議な顔をしているな。わかったのか？」

向かいで珠蘭の様子を観察していた伯花妃が聞いた。珠蘭は顔をあげ、しっかりと頷く。

「はい。この事件はおそらく解けると思います」

「これだけでわかるのか」

「あとは珊瑚宮で呂花妃の協力を得るだけですね」

珠蘭の反応がお気に召したらしく、伯花妃は楽しそうに手を叩《たた》いている。

「瑪瑙宮はとんだ犬を飼ったものだ。なんて面白い。董珠蘭よ、この事件を解き明かす時は我も呼んでくれるな？」

「……ご希望であれば」

「くくく。呂花妃にここまで疑われているのだ、潔白を示す場に我がいなくてどうする」

伯花妃は終始楽しそうにしていた。瑪瑙宮での仮面盗難未遂についても聞きたいと長居を進めてきたが、珠蘭は断った。

（急ぎ、珊瑚宮に向かわないと。あれを確かめなければならない）

部屋を出て、廊下を進む。珠蘭は珊瑚宮に向かうことばかり考えていた。そのため、足音が、珠蘭を追いかけてきているなど気づいていなかったのだ。

そうして廊下の角を曲がった時である。

がつん、と頭に何かが落ちた。その痛みと衝撃にぐらりと膝《ひざ》が揺れる。

（なにこれ……力が抜ける……）

体が崩れて落ちていく。歩いていたはずが、視界には床がある。体が動かない。

誰かが珠蘭の肩に触れた。ぱらぱらと粉が降り注いでくる。

「あなた、殺しにきたんでしょう？」

その者は確かに呟《つぶや》いた。返そうにも唇が重たく、喉《のど》は張り付いてしまったように動かない。声をあげるなどできなかった。

ぱらぱらと、粉が降る。その出所を確かめようとし――ぷつりと意識が落ちた。

＊＊＊

麝香《じゃこう》の香りの中で珠蘭は意識を取り戻した。よほど濃く焚《た》いているのか頭が痛くてぼんやりとする。

頭頂部はずきずきと痛み、体も窮屈だ。あまりの香りの強さに鼻を押さえようと手を動かしたが、手首が縛られて動かせない。

（私はどこにいるんだろう）

重たい瞼《まぶた》をゆっくり開くと暗い部屋だった。窓は板で塞《ふさ》がれ光が入らず、燭台《しょくだい》の灯《あか》りだけが頼りだ。香の煙が充満している。香りの濃さが息苦しさを呼んで、喉が締め付けられるようだった。

「起きたのね」

床に寝転がっている珠蘭に、女の声が落ちた。顔を動かして見上げれば、そこには翡翠宮の宮女がいた。

「あのまま殺してもよかったのだけれど、あんたの目的が知りたい」

宮女は身を屈《かが》め、珠蘭の顎を掴《つか》む。

近づけば宮女の顔がよく見え、瞬間、波の音が聞こえた。

(あ……まさか)

ここは後宮であり、海は遠く、波音が聞こえることはない。聞こえる波音は珠蘭の記憶の中にあるものだ。

稀色《まれいろ》の瞳《ひとみ》に焼き付けられた記憶が呼んでいる。この顔《かんばせ》を知っていると叫んでいる。

ここにいる者は仮面をつけているが、覆われていない部位は判別できた。唇の形や垂れた耳。その特徴は翡翠宮前で会った、菓子を踏みつけた宮女のものと一致していた。

それだけではない。舞い落ちる粉。宮女の口元からぱらぱらと粉が落ちている。脳裏に蘇《よみがえ》るのは粉に関わる者の記憶。見比べれば、やはり一致している。

こちらに顔をよせ、宮女が問う。その凄然たる声が静かな部屋に響いた。

「あんたは誰に命じられて、あたしを殺しにきたの？」

「……命じられる？　私が？」

「とぼけないでちょうだい。瑠璃《るり》宮から送られてきたあんたの目的はわかってる。次は誰を殺すの？　あたしか、それとも——」

意図がわからない。珠蘭は誰かに危害を加えるつもりも、それを命じられたこともない。

だがこの宮女は、何かを恐れている。

「瑠璃宮にとって不都合な罪人を殺しにきた？」

「違う。私は珊瑚《さんご》宮の事件を調べているだけ。誰かを殺すつもりなんてない」

すると、宮女は嗤《わら》った。よく見れば、口元に不自然な罅《ひび》がある。

「あれも殺すつもりで来ていたでしょう」

「あれ、とは？」

「珊瑚宮の男が探っていたのは罪人を殺すためだろうね。あんたと同じ」

宮女は確かに『珊瑚宮の男』と言った。

（これで繋《つな》がった。この宮女はきっと……）

珊瑚宮女殺人事件。繋がらず点として散らばっていたものが、一つの線になる。

しかし問題は、この窮地を如何《いか》にして脱するかだ。手足は動かせず床に寝転んだまま。

助けを呼ぼうと声をあげればこの宮女に殺されるかもしれない。

（どうしたらいいだろう。この部屋がどこにあるのかわかれば）

部屋を見回す。暗くて色の判別が難しい。おそらくはどこかの宮だ。宮女に与えられた部屋だろう。寝台に厨子《ずし》、木棚がある。珠蘭の部屋と比べて豪華な作りだ。だが瑪瑙《めのう》宮や珊瑚宮で見たものと違い、夾竹桃の花が彫られている。そうなればここは翡翠宮だろう。

そこで、部屋の外から足音が聞こえた。誰かの話し声もする。

好機だ。珠蘭は宮女を見上げた。

宮女は殺意を向けている。何らかの情報を得たいため、かろうじて生かされているだけに過ぎない。いつ殺されてもおかしくないのだ。身動きのできぬ不自由さは恐怖となって、珠蘭を蝕《むしば》んでいく。

（泣き喚《わめ》いたって事態は好転しない。相手の予想を超えていくしかない。頭を冷やせ）

緊張で強《こわ》ばった表情を何とかして緩める。珠蘭は挑発的に嗤った。

「殺すつもりはないと言ってるのに聞き入れないのは、あなたの耳が老いているから？」

宮女がぴたりと動きを止めた。不敵な態度に驚いている。珠蘭は徐々に声量をあげた。

「老人に扮《ふん》しているだけだと思っていたけれど、感覚も老いているなんて。昨日黒宮で会った時は、もう少し私の声が聞こえていたと思うけど」

「あんた、気づいていたの？」

「皺《しわ》を作って顔をごまかしたとしても、あの時の老宦官《かんがん》は手だけが若かった」

ぎり、と噛《か》みしめるような音が聞こえた。宮女の顔《かんばせ》が不快だとばかり顰《しか》められている。

「黒宮で出会ったのはあなた。その名前を当ててもいい？」

「うるさい！」

ついに宮女が叫んだ。忌々しげに眉根《まゆね》をよせ、珠蘭の首に手をかける。

その瞬間である。

「見つけた！」

外から声がして、扉が開く。現れたのは翡翠宮の主《あるじ》である伯花妃と楊劉帆だった。

花妃は立ち入らず留《とど》まったが、劉帆は部屋になだれ込んでくる。体当たりで宮女を押しのけ、刀を抜く。

「不死帝の園だというのに、よくこのような蛮行ができたものだね」

宮女は武器となるようなものを持っていない。だから珠蘭の首を絞めようとしていたのだ。そうなれば刀を持っている劉帆が有利である。

押しのけられたことで宮女は床に倒れた。対する劉帆は、普段とは違う真剣な顔をし、俊敏に駆ける。宮女が起き上がるより早く、そのみぞおちを刀の柄で突いた。

「ぐっ……」

うめき声と共に、宮女の顔が苦悶《くもん》に歪《ゆが》んだ。

そこへようやく、衛士がやってきた。宮女が逃げ出さぬよう、その体を押さえこむ。

宮女の身柄を任せると、劉帆は珠蘭の許《もと》へ駆け寄った。

「大丈夫か？　怪我《けが》は？」

「無事……だと思います。身動きが取れないので縄を外してもらえれば助かります」

淡々と答える珠蘭の様子を見て、安堵《あんど》したように劉帆が笑った。

「冷静だな。もっと怯《おび》えているのかと思ったが」

「怖かったです。殺されると覚悟しました」

「それにしては落ち着いている。まあいい、縄を外すから待っていろ」

拘束が外れると助かったのだと実感がわいた。冷静になろうと心がけていたが、今になって両手が震えていた。血の気が引いて白い。

　怖かったのだと、今になって認める。

「どうしてここがわかったんですか？」

「珠蘭が珊瑚宮に行ったと沈花妃から聞いてな。だから珊瑚宮に行ったんだ。呂花妃は珠蘭を見ていないと言ったが、宮女の一人が翡翠宮に向かう珠蘭を見たと教えてくれた」

伯花妃と共に翡翠宮に行くところを目撃していた宮女がいたのだ。それがなければ劉帆はここに来なかったかもしれない。

「ありがとうございます」

　礼を告げると、なぜか劉帆はそっぽを向いた。

「……君が、無事でよかった」

　歯切れが悪い。照れているのかもしれないが、部屋の薄暗さが彼の表情も隠している。

　ごまかすように劉帆が呟いた。

「途中までは呂花妃も来ていたんだが、どこに行ったんだろうな」

室内にいるのは劉帆と伯花妃だけだ。廊下には騒ぎを聞きつけて集まった宮女が数名。

呂花妃の姿は見当たらない。

謎の宮女を睨《にら》みつけているのは伯花妃だ。責めるように冷ややかなまなざしが宮女を捉えている。

「おぬし、翡翠宮女だろう？　誰の命でこのようなことを。この者を捕らえろなど、我は命じておらぬぞ」

「…………」

「我の問いに答えぬつもりか。ならば無理やりにでも口を割らせるしかあるまい。誰ぞ、この者を――」

伯花妃は、連れて行けと命じるつもりだったのだろう。その声は廊下で野次馬のごとく覗《のぞ》きこんでいる宮女たちに向けられていた。

だが遮られた。部屋の外にいた宮女が見ていたのは伯花妃ではない。悲鳴があがる。それは野次馬を押しのけて、部屋に入りこんだ。

「……やっと尻尾《しっぽ》を出したわね」

現れたのは呂花妃だった。手に匕首《あいくち》が握られている。宮女たちは呂花妃を恐れて悲鳴をあげたのだろう。

「樹然を殺したのはやはり伯花妃の仕業ね。珠蘭を捕らえたのは余計なことを探られたくないから。そうでしょう？」

血走った眼《め》は伯花妃に向けられている。突然の乱入に伯花妃は後退《あとずさ》りをしたが、うまく動けず体勢を崩して床に座りこんだ。

「我ではない。やめろ」

「言い訳は無用。樹然の仇《かたき》！」

ふわりと被帛《ひはく》が舞う。呂花妃が手を振り上げたのだ。しっかりと握りしめられた匕首が、燭台の灯りを反射してぎらりと光った。

「まずい！」

劉帆が叫んでそちらに駆け寄ろうとする。同時に珠蘭も、転がるようにして立ち塞《ふさ》がった。両手を広げ、伯花妃をかばう。

「呂花妃！　お待ちください！」

「退《ど》いてちょうだい。私は何としても仇をとらなきゃいけないの」

「いいえ、出来ません」

「董珠蘭。あなたには理由を話したでしょう。だから、そこを退いて」

珠蘭は首を横に振った。そして呂花妃を正面から見据える。

「犯人は翡翠宮の者でも、伯花妃でもありません。それに、呂花妃も隠していることがあるはずです」

「な、なにを――」

まだ呂花妃の瞳にある復讐《ふくしゅう》の炎は消えていない。とどめを刺すように珠蘭が告げた。

「話し合いましょう。それさえ嫌なら——首のない体を、掘り起こしましょうか？」

呂花妃が息を呑《の》んだ。動揺が指先に伝わり、手にしていた匕首が甲高い音を立てて床に落ちる。

珠蘭は部屋にいる全員を見渡し、もう一度告げた。

「この事件を終わらせます」

異を唱える者はいなかった。


集まったのは伯花妃の部屋だ。二人の花妃の間に劉帆と珠蘭が座る。珠蘭を捕らえた宮女は両手と両足を縛った状態で、衛士に挟まれて部屋の隅にいた。

珠蘭は立ち上がり、それぞれの顔を眺める。

「珊瑚宮女の殺人事件は、珊瑚宮の宮女である樹然の首を、黒宮の柳の下で発見した——そういう話でしたね」

これには呂花妃だけでなく、劉帆や伯花妃といった面々も頷《うなず》いた。ここまでは皆、同じ認識だったのだろう。

「でもこれは本当でしょうか。不可解な点が多いためです。珊瑚《さんご》宮の者が発見したのは首ではなく、胸を突かれて死んでいた樹然ではありませんか？」

伯花妃や劉帆は目を丸くしていたが、呂花妃だけはこちらを見ようともしなかった。唇を噛みしめている。

「呂花妃が犯人は翡翠宮《ひすい》にいると断言していました。宮女の首近くに翡翠簪《かんざし》が落ちていたという発見状況では、関与は疑えても簪の持ち主を犯人と断定することはできません。しかし呂花妃は翡翠宮の者が犯人であると信じて疑わない様子でした」

「………」

「だから考えました。翡翠宮の簪が側に落ちていたと言っていましたが、本当は簪が死因に直結した状態で見つかったのではありませんか？　例えば胸に刺さっていたとか。この推測が当たっているのなら、簪の持ち主が犯人だと疑う気持ちもわかります」

この件に翡翠宮の簪が絡んでいたことを、翡翠宮の主である伯花妃は知らなかったのだろう。驚いていたが、すぐに扇で口元を隠した。話の腰を折らずにいてくれたことに、珠蘭は心の中で感謝する。

「だが見つかったのは首だけだろう。体もあったと言いたいのかい？」

「はい。劉帆の言う通りです。その証拠としてこれを」

珠蘭は袖口《そでぐち》から、布の切れ端を取り出し、皆に見せた。

「それは黒宮の柳に引っかかっていたという布だね」

劉帆の問いに珠蘭は頷いた。

「柳の樹皮にありました。珊瑚宮の宮女の襦裙《じゅくん》に使われている布です。何かの拍子に千切れたのでしょう――例えば、幹に寄りかかっていた遺体を引きずる時などに」

「――っ！」

これに呂花妃が反応した。言葉は発しなかったものの、息を呑むその姿は、珠蘭の予想が当たりだと告げている。見れば顔色はみるみる青くなっていた。

「遺体を切断したのはあの場所ではない。そう考えれば首の発見現場で遺体切断をしたような大量の血痕《けっこん》が見つからなかった理由も納得がいきます」

「だが、なぜ遺体を首だけにする必要があった？　わざわざ遺体を引きずって移動し、首だけにする理由がわからぬ」

「私もそれが引っかかっていました。遺体が首だけだったこと、体を隠す必要性がどうしてもわからなかった」

それは黒宮で出会った不審な宦官が教えてくれた。この予想が当たっているのならば珊瑚宮は樹然の体を隠す必要がある。珠蘭は呂花妃をじっと見つめて告げた。

「柳の下で胸を突かれて殺された樹然は――男」

伯花妃は訝《いぶか》しそうに首を傾《かし》げている。

「この後宮に男は立ち入れぬ。入れるのは宦官だけであろう」

「そうですね。しきたりとしては――でも、殺された樹然は男だった。違いますか？」

呂花妃の様子を見る。その体がかすかに震えていたが、口を割る様子はまだない。珠蘭は続ける。

「事情はわかりませんが、男である樹然を宮女として受け入れていたのでしょう」

「なるほど。男であっても小柄で華奢《きゃしゃ》な体格の者がいる。髪を伸ばし襦裙を着せれば女人のように見えるかもしれぬな」

幸い、この後宮には仮面という制度がある。顔《かんばせ》は上半分まで隠すことができるのだ。不死帝が渡るとなれば樹然を隠せばよい。宮女の協力を得れば隠し通せるはずだ。

「でも樹然は殺されてしまった。だから珊瑚宮は彼が男であることを隠す必要がありました。遺体を体と首にわけ、おそらく体は庭に埋まっているのだと思います」

最近造ったという、毒のない花が植えられた花壇。あれは樹然を埋めたことを隠すために造ったのではないか。珠蘭はそう考えている。

「では掘り返してみよう。珠蘭の推理が当たっているのなら、庭の下に首のない遺体があるはずだ。早速人を集めて――」

「やめてちょうだい」

劉帆の提案を遮ったのは呂花妃だ。静かな、低い声音である。その顔は苦しそうに歪められ、伏せ気味の瞳《ひとみ》は切なく潤んでいる。

「……掘り返さないで、眠らせてあげて」

その言葉は、花壇の下に遺体が埋まっていると認めるもの。ぽたりと、瞳から光る粒がこぼれ落ちた。

「樹然は……私の恋人だったの。あなた方の言う通り、女人のように華奢で可愛《かわい》らしい男子よ。後宮入りが決まった時に別れを告げたけれど、彼は私を追いかけてきたわ」

「宦官《かんがん》にならず、宮女として、ですか？」

「そう。信頼できる宮女に樹然のことを話し、協力してもらったわ。不死帝が宮にくることなどないもの、想《おも》い人を側で愛《め》でたっていいでしょう？」

不死帝の渡りはここ数年ない。帝《みかど》がこないと考えて、男を招き入れていたのだろう。宦官になれば花妃のいる宮ではなく、瑠璃《るり》宮の所属となる。側に置くためには宮女になり、自らの宮に置かなければならない。樹然が華奢な者であったから出来た謀《たばか》りだ。

「あの子はね、可愛い子だったの。宝物だった。でも私を後宮から解放しようとしていたわ。だから不死帝の秘密を調べていたらしいの」

「……それで黒宮に近づいたのか」

劉帆がため息交じりに呟《つぶや》く。呂花妃は頷いた。

「最後に何を調べていたのかはわからない。だって樹然は殺されてしまった。あんなに可愛らしい子が無残に死んでいたのよ。胸に刺さった簪を引き抜く時の、あの絶望が、今も夢に出る。手が震えて、簪が折れた。いまもあの子の胸に簪の先が残ったまま——だから私は誓ったのよ、犯人を見つけ出して仇をうつと」

ぼたぼたと落ちる涙を厭《いと》わず、その瞳は悲哀と憎しみの色を浮かべている。

呂花妃が翡翠宮をひどく恨んでいたのは、愛《いと》しい者を殺した犯人が翡翠宮にいると考えていたからだ。珠蘭に事件の調査を依頼したのは犯人を捜し出し、復讐《ふくしゅう》するためだ。

「樹然のことを知られた以上、私や呂一族には処罰が下るでしょう。珊瑚宮も廃宮になる。その覚悟はとうに出来ているの——だから、犯人だけはこの手で」

告げた後、呂花妃は伯花妃に視線をやった。今も翡翠宮を疑っている。

だが犯人は違う。珠蘭は再び口を開いた。

「犯人の話をします。筆をお借りできますか？」

これに伯花妃が応じた。借りた筆を走らせ描くのは稀色《まれいろ》の瞳に焼き付いた簪の画《え》だ。

「これは珊瑚宮で拝見した、遺体から見つかった翡翠簪の文様です」

夾竹桃《キョウチクトウ》の花が三輪。その画を眺めていた呂花妃や劉帆は感嘆の声をあげた。

「すごい。あの簪とまったく同じ」

「記憶力のよさを活《い》かして模写まで得意ときたか。いやいや、すごいなあ」

「呂花妃は簪が翡翠色だったことや宮花の夾竹桃から翡翠宮の者が犯人だと考えたのでしょうが、これは伯花妃が持つ簪ではありません」

そう告げるも伯花妃自身、違いに気づいていないようだった。

「我にもわからぬな。何の違いがある？」

「実物を出していただければわかるかと」

すぐさま伯花妃が厨子《ずし》から簪を取り出す。紙の横に並べれば、違いが見えた。

「なるほど。我の簪は夾竹桃が四輪。画にあるのは三輪だ」

「はい。これはそれぞれの宮が新たな花妃を迎えた際に作られる簪だと伺いました。これは別の翡翠花妃のものだと思われます」

「となれば先代か。三輪ということは、我の前にいた翡翠花妃のものだ」

呂花妃も画と簪の模様を見比べる。それから力なく椅子にもたれかかった。

「……何てこと。先代の簪だったなんて。私はずっと……伯花妃を疑って……」

すると伯花妃が立ち上がり、呂花妃の肩に優しく触れた。

「よい。これではおぬしが我を恨むのもわかる。誤解は解けたのだ、赦《ゆる》そう」

「伯花妃……ありがとうございます……」

「珊瑚宮に男を迎え入れたことについては言い逃れできぬ。沙汰《さた》が下るかもしれぬ。だが、我はその気持ちがわからなくもない」

淡々とした物言いでありながら、言葉が温かい。伯花妃は微笑《ほほえ》んだ。

「愛なき後宮と言われているがここは寂しい場所だ。誰かを想いたい寂しさや孤独は、我もわかる。辛《つら》い思いをしたな」

呂花妃の瞳から再び涙が溢《あふ》れた。誤解が解け、二人の間にあった溝が埋まったのだ。

だが、これで解決ではない。犯人が伯花妃や翡翠宮女でないのなら、いったい誰なのか。

珠蘭は、縛られている宮女に視線を送った。

「犯人は……彼女が知っているかもしれません」

宮女の許《もと》へ向かうと、その仮面を外し、手巾《しゅきん》で顔を拭《ぬぐ》う。手巾にはぱらぱらと粉のようなものや塊がついた。おそらく白粉《おしろい》に粘土や水分を混ぜて練ったのだろう。それを顔につければ元の肌を隠せる。分厚く取ったものを乾燥させ練粉で口元につければ皺《しわ》のようになる。肌色に近づけるため粘土を多く混ぜたのだろうが、これがよくなかった。口を動かすたび乾燥して割れ、粉がぼろぼろと落ちる。

手巾を水盤につけ顔を拭《ふ》く。何度も繰り返していると、全ての練粉が取れた。

その顔をまじまじと眺めて、ため息をつく。予想通りの人物がいたからだ。

「……水影」

その名を呼ぶ。水影は憎らしそうに奥歯を噛《か》みしめて珠蘭を睨《にら》んでいた。

「そうかもしれないと思っていた。顔を変えたのは私の記憶力から逃れるため？」

問うも水影は答えない。

瑪瑙《めのう》宮で珠蘭に罪を着せようとした水影は、黒宮では老宦官に化け、ここでは翡翠宮の宮女に扮《ふん》していた。顔を塗ってまで変装しようという意気は見事だが、落ちる粉や仮面で覆われぬ部位は隠しきれない。

「黒宮で会った老宦官も水影でした。そして老宦官は樹然が男だと知っていた――樹然を殺したのは水影でしょう」

これにも水影は答えない。珠蘭の話を聞くなり立ち上がったのは呂花妃だ。おぼつかない足取りで駆け寄り、水影の両肩を摑《つか》む。

「ねえ、あなたなの？　あなたが私の樹然を殺したの？」

呂花妃のうつろなまなざしを浴び、水影は嗤《わら》った。

「そう。あたしが殺した」

「っ、こ、この……！」

「あの男は黒宮を探っていた。だから、殺される前に殺しただけさ」

すぐさま呂花妃の手が水影の首を摑む。

「お前が！　お前が樹然を！」

かなりの力が込められているのだろう。細やかな腕が強《こわ》ばって血管が浮かび上がる。目は血走り、水影の喉《のど》をすり潰《つぶ》さんとしていた。珠蘭は慌てて駆けつけ、呂花妃を止める。

「落ち着いてください！」

「仇《かたき》をとるの。樹然が殺されたの。あの子はもう帰ってこないのよ」

「呂花妃が仇を取りたい理由があるように、水影も理由があったのかもしれません。私は水影の話が聞きたいです。だから──」

殺人は許されないことだ。しかし水影が凶行に及んだ事情を知りたかった。珠蘭を攫《さら》ってもすぐに殺さなかったのは何かを恐れているため。そんな水影が理由もなく樹然を殺すとは考えられなかった。だから、顔を合わせて言葉を交わし、水影の真意を知りたい。

水影はというと、呂花妃に首を絞められて苦しげにしながらも、珠蘭の物言いに目を見開いていた。唖然《あぜん》としたまなざしは珠蘭に向けられている。

そこへ劉帆や衛士が割りこんだ。呂花妃と水影を引き離そうとしている。

「これ以上はだめだ。水影を連れていけ。珠蘭は呂花妃を押さえるんだ」

「やめて、連れて行かないで、私が仇をとるの、お願い、私に殺させて」

劉帆らによって引き剝《は》がされた呂花妃が慟哭《どうこく》する。再び水影に襲いかかろうと手を伸ばすが珠蘭が遮った。二人を近づけてはならないと、衛士らが水影を連れていく。

その姿が廊下に出て見えなくなっても、呂花妃の涙は止まらなかった。

「樹然……あなたが死んだのに私は……」

落涙一粒、悲しみが部屋に広がっていく。それは珠蘭の心にも届き、視界が滲《にじ》んだ。

泣き崩れる呂花妃に寄り添ったのは伯花妃だ。彼女の瞳もまた悲哀の潤いを湛《たた》えている。

（恋も愛もない後宮か……寂しい場所だ）

瞳から涙が落ちぬよう天井を見上げる。

仮面で覆い隠す謀りの園は、恋色を知らない。ここにあるのは悲哀だ。

第三章　不死帝の黒罪

珊瑚《さんご》宮女殺人事件の話題で後宮は騒がしくなり、それは瑪瑙《めのう》宮で咲き誇っていた毛地黄《ジギタリス》が花の盛りを終えて、日中の暑さが増す頃まで続いた。

あれ以来、茶会などの催しは見送られている。瑪瑙宮の主《あるじ》、沈花妃《しんファフェイ》はそれを残念がっているようで、午後になれば話し相手がほしくなるのか宮女たちを自室に呼ぶ。今日は董《とう》珠蘭《しゅらん》が呼び出された。

「あれからどこの宮も静かね」

河江《かこう》が淹《い》れた茶を飲みながら沈花妃が言う。ここ最近は他の宮との交流もなく、瑠璃《るり》宮も忙しいのか宦官が来ることもなく、沈花妃はつまらなそうである。

不死帝《ふしてい》が瑪瑙宮に渡るという話もあったが、先の一件で見送られている。沈花妃にとっては心落ち着ける日々となっていた。

（あれから兄様もきていない）

董海真《とうかいしん》が瑪瑙宮を訪れることもなくなった。先の一件による忙しさはもちろんだが、沈花妃を泣かせたことも影響している。

「珠蘭は都の出ではないのよね？　故郷は遠いところだと聞いたわ」

問われて、気づく。珠蘭は沈花妃に故郷の話をしたことがない。海の近くということも知らないはずだ。となれば海真から聞いたのだろう。そこまで話すほど、二人は親しいのだと再認識した。

（宦官と花妃の恋か……）

複雑な気持ちを抱いてしまうのは、相手が自分の兄であるからだけではない。瑪瑙宮に仕える一人として、沈花妃の抱く想いがどれほど儚《はかな》いものかを知っている。

そして先の一件がある。珊瑚宮の呂《りょ》花妃は後宮にあがる前からの想い人を宮に引き入れていた。その危うい恋は、想い人である樹然《じゅねん》の死という悲しい末路を辿《たど》った。

珠蘭は、もどかしい気持ちが渦巻く胸中を隠すべく黙っていた。沈花妃が微笑みを浮かべたまま続ける。

「珠蘭たちの故郷は海近くの聚落《しゅうらく》でしょう？」

「はい。ほとんどの人が海に関する仕事で生計を立てていました。私たちの父も漁師です。兄は花妃に故郷の話をしていたんですね」

「出会った頃に少しね。わたくしが海を見たことがないと話したら教えてくれたの」

海真の話をする時、沈花妃は表情を綻ばせている。それほどに好きなのだろう。

いつだったかの夜、帝《みかど》の渡りについて海真の口から聞きたくなかったと泣いていた花妃の姿を思い出す。あれで沈花妃の気持ちはわかったが、海真の心はわからない。

(珊瑚宮の事件を解決したのだから、兄様が解放されてほしいけれど——)

海真が解放されれば、次の候補である劉帆が不死帝となる。命を狙われるのも兄から劉帆に変わるだけだ。

(劉帆ならいいのかとなるとそれも釈然としない……兄様はどう考えているのだろう)

その疑問は一人では解決できそうにない。海真や劉帆の来訪が待ち遠しかった。

沈花妃の許を離れて厨《くりや》に向かう途中のことだ。見覚えのある姿が庭にあった。その人物も珠蘭に気づき、片手をあげる。

「やあ。久しぶり」

楊劉帆《ようりゅうほ》だ。劉帆もなかなか瑪瑙宮に来なかったので会うのは久方ぶりだ。珠蘭は渡り廊下を下りて、庭に出る。

「珊瑚宮の一件がどうなったのか、気になるだろう。功労者である君に話をしないのはおかしいと思って報告にきたよ」

劉帆がやってきた目的は沈花妃ではなく珠蘭だったようだ。庭にいたのも珠蘭がここを通るのを待っていたのだろう。

「珊瑚宮はどうなりますか？」

「樹然を宮に入れていたことは不死帝を裏切る行為だ。さすがにそれは見過ごせない」

となれば死罪か。そうなることはわかっていたが、呂花妃を思うと辛い。沈痛に俯《うつむ》く珠蘭だったが、劉帆は優しくその肩を叩《たた》いた。

「安心して、呂花妃は死なない。内通罪は伏せて罰することになったからね。呂花妃は実家に返すことになった」

後宮に居られなくなったとしても生きているのならばよい。呂花妃としても、想《おも》い人を殺された後宮に居続けるのは辛いはずだ。珠蘭はほっと息をつく。

「珊瑚宮の庭には、君の予想通り、男の体が埋まっていたよ。この弔いは呂花妃に預けることとなった。彼の墓は、後宮を出て心安らげる場に作り直した方がいい」

「寛大な沙汰が下ったんですね」

「今回の一件に翡翠《ひすい》宮の伯《はく》花妃はかなり助力してくれてね。不死帝の耳に入れず、内々で片付けるって形になったよ」

不死帝の耳に入れず、と言いながらこの楊劉帆は次の不死帝である。今回のことは海真も聞いているだろう。つまるところ不死帝は知っているのだが、知らないふりをしたのだ。

珠蘭は深く頭を下げた。

「ありがとうございます」

「そうやって労《いたわ》ってくれると嬉《うれ》しいねえ。こうみえて史明《しめい》の説得は大変だったんだ。あいつは石頭すぎる」

「ああ……李《り》史明を説き伏せるのは難しそうですね」

李史明と対峙《たいじ》するのを想像するだけで、胃がきゅっと締め付けられる。瞼《まぶた》を開けば冷ややかに、口を開けば嫌みが飛んでくるような男だ。出来ることなら会話もしたくない。

劉帆は袂《たもと》から小さな包を取り出した。

「ということで。解決記念にこれを持ってきた」

包を開けば、中には甜糖豆《テンタントウ》が入っている。いつぞや劉帆からもらった美味《おい》しい菓子だ。

「事件解決の功労者である君と、史明説得という陰の功労者である僕。二人で食べようかと思ってね」

「ありがとうございます。頂きます」

甜糖豆は珠蘭の好物である。早々に礼をつげ、遠慮せず手を出す。その動きの速さに劉帆が苦笑した。

「うん。今日も食いつきがいいな。そうやって素直だと、食べさせてよいものか悩む」

「また出し惜しみですか。早くください」

楊劉帆は意地悪なもので、好物を目の前にちらつかせておきながら、なかなか与えようとしない。これでは生殺しだ。

痺《しび》れを切らして、包に手を伸ばす。甜糖豆を一粒つまむと、劉帆が驚きの声をあげた。

「ついに盗んだか」

「盗むって失礼な。一緒に食べるって言ったじゃないですか」

「だからといって勝手に持って行くことはないだろう」

「劉帆がくれないからです」

互いに文句を言い合いながら、庭の奥に歩く。宮の陰に隠れるようにして並んで座り、甜糖豆を口にした。

今回の甜糖豆も美味しい。一粒含めば糖粉が甘く蕩《とろ》けていく。豆の柔らかさに甘みが混ざり、口中が幸福に包まれる。

二人で食べると言ったくせに、劉帆が口にしたのは一粒だけだった。残りはほとんど珠蘭が食べている。包に残った豆が数粒となったところで、劉帆が口を開いた。

「明日、海真がここに来ると思う」

「久しぶりですね。花妃も喜びそうです」

「……そうなれば、いいけどね」

どうも歯切れが悪い。嫌な予感がして、劉帆をじいと見る。劉帆は視線を合わさず俯いたまま言う。

「僕だって、あの二人のことはわかっているつもりだ。だけどこの場所で恋を認めることはできない。それは罪深いことだから」

どうして罪深いことと言い切れるのだろう。そして苦しそうな声音も気になる。

「黒罪だ。愛なんてここに赦《ゆる》しちゃいけない」

劉帆の言葉は珠蘭に向けられたものではなく、自分自身の奥深くにある何かを説き伏せるような、そんな掠《かす》れたものだった。

一変した様子がどうも気になり、珠蘭が声をかけようとしたその時だった。遠くから足音が聞こえる。宮の陰から顔を出すと、そこには宮女が一人。

「董珠蘭様ですね」

珠蘭の瞳《ひとみ》は衣の色を正常に判別できない。枯緑《クーリュー》色に見えている。しかし見覚えのない顔であるから、瑪瑙宮の宮女ではない。

「翡翠宮より参りました。伯花妃がお呼びです。ご相談したいことがあるそうで、一緒に来て頂けますか？」

「行ってくればいいじゃないか。沈花妃には僕から話しておこう」

「それはありがたいんですが……甜糖豆を数粒残していたことが気にかかります」

珠蘭が正直な気持ちを明かすと、劉帆は失笑した。

「君は本当にこれが好きだな。部屋に届けておいてやるから気にせず行ってくればいい」

「ありがとうございます」

甜糖豆の無事がわかれば心残りけない。安心して礼を告げる珠蘭だったが、劉帆はまだ笑いが止まらぬようで口元がにたにたと緩んでいた。

翡翠宮に向かう道中、珊瑚宮が見えた。まだ呂花妃は宮に残っているのかもしれないが、宮の様子は静かだ。宮女の姿もあまり見かけない。

呂花妃が宮を出れば、ここは閑散とした場所になる。この暑さが引いて涼やかになれば、無人の地に石蒜《ヒガンバナ》が咲くのだろうか。

(それもまた、悲しい)

接したのはわずかな時間だったが、朗朗とした花妃だった。想い人を失った寂しさが後宮を出て解放されることを願うしかない。

翡翠宮に着くと伯花妃が待っていた。立ち上がり、珠蘭を出迎える。

「呼び立ててすまぬな。おぬしに頼みたいことがある。遠慮なく座ってくれ」

閉じた扇で向かいの席を指したので、指定されるがままに腰掛ける。少し待っていると宮女が茶と菓子を運んできた。

蜜糖《はちみつ》の入った甘い茶を好んだ沈《しん》花妃と異なり、伯花妃が好むのは香り高い茶らしい。器には茉莉花《ジャスミン》の花が浮かび、その香りが部屋に満ちていく。

伯花妃は宮女に部屋から出ていくよう命じた。人払いをするほどの話らしい。珠蘭は緊張した面持ちで伯花妃が話し始めるのを待った。

宮女たちが部屋を出て、さらに足音も聞こえなくなって数分が経《た》っても伯花妃は黙りこんでいる。警戒しているのだ。伯花妃は今日も仮面を外していない。

「おぬしに探ってほしいことがある」

ようやく語り始めれば、茉莉花の香りも霞《かす》むほど真剣な口ぶりだった。今にも貫かれそうなほど鋭い眼光で珠蘭を見つめる。

「探ってほしいのは不死帝のことだ」

扇を開き、口元を隠す。顔の上半分を仮面で覆い、下半分を扇で隠せば、腹の鏡と言われる顔《かんばせ》は見えなくなる。この頼み事が伯花妃にとって重たいものだと示していた。

珠蘭も表情を強《こわ》ばらせた。不死帝のことを探るなど危険すぎる。珠蘭は不死帝の秘密を知っているが、それを微塵《みじん》も出してはならない。口を真一文字に結び、気を引き締めた。

「不死帝がどうやって死を超越したのかわかれば、伯家の悲願は成就されるが……それは難しいだろう。だから探ってほしいのは別のこと」

珠蘭は黙り、続きを待つ。この場で沈黙以外の反応をすることが怖かった。

「先代翡翠花妃が失踪《しっそう》したことを、おぬしは知っているか？」

「……消えたと聞いたことはありますが」

「先代の翡翠花妃は、晏銀揺《あんぎんよう》と言う。都よりだいぶ離れた場所にある、さほど権力もない家の出だ。銀揺は瑪瑙《めのう》宮の花妃だったが、翡翠宮に遷《うつ》った。これの意味がわかるか？」

珠蘭は少し考えた。瑪瑙宮から翡翠宮へと遷った理由——思い浮かんだのは序列だ。

「翡翠宮が、妃宮において最高位の宮だからでしょうか」

「さすがだな、おぬしは聡《さと》い」

伯花妃は満足そうに頷《うなず》き、扇を閉じた。

「子を生《な》す必要のない不死帝にとって、後宮とは権威誇示の場だ。花妃とはただの人質にすぎない。妃の許《もと》へ気まぐれに渡ることもあれば、今のように数年渡らぬ時もある。ここに愛などというものはない……だが、銀揺は翡翠花妃となった。晏家がよほどの名家ならばわかるが、そうではない。その家格ではせいぜい瑪瑙か珊瑚であろう。さらに不可解なのは異動の後に晏銀揺が失踪したことだ」

「宮女に話を聞くことはできないのでしょうか？」

「当時いた宮女は、晏銀揺失踪の後に後宮を出ている。先代の失踪については伏せられ、現在は知らぬ者の方が多い——どうだ、おかしな点が多いだろう？」

珠蘭も、晏銀揺が翡翠花妃となった理由や失踪について考えてみるが答えはでない。険しい顔をしていると伯花妃が言った。

「これは噂《うわさ》だが、晏銀揺が失踪する前、今から二十年程前だな。後宮に赤子の泣き声が響いたことがあったらしい」

「……え？　なぜ子供が」

珠蘭の目が丸くなる。その反応に伯花妃はにたりと笑った。

「嘘《うそ》か真《まこと》かは知らぬ。その頃の晏銀揺は翡翠花妃だったそうだ。この噂と晏銀揺が関係しているかはわからぬが、面白い話であろう」

伯花妃は香茶を啜《すす》る。ぬるくなっているのだろう。白い湯気は姿を消していた。

先代翡翠花妃だった晏銀揺と、その失踪。子を必要としない後宮で聞こえた赤子の泣き声。聞いたものを頭の中で並べると身震いがした。今はこれらの情報が点になっているが、線になった時——末路はどうなる。触れてはいけないものに辿《たど》り着くのではないか。

手が震える。それに気づいたか気づいていないのか、伯花妃は珠蘭に告げる。

「我が探ってほしいのは、晏銀揺が失踪した理由だ。もしも愛がないと言われるこの後宮で晏銀揺が寵愛《ちょうあい》を受けていたのなら……我は後宮での生き方を変えなければならない」

「生き方を変えるというと？」

「我は名門伯家の娘だ。不死帝が人を愛する心を持っているのならば、どんな手を使ってもその寵愛を手に入れなければならない。我と伯家が、この霞《か》で生き抜くためにも」

伯花妃はまっすぐにこちらを見つめていた。強い意志を秘め、伯家を背負っていくという覚悟が感じられる。

この件に触れてもいいものか。珠蘭はうつむき、しばし考えた。

不死帝に関することかもしれないことを、易々《やすやす》と引き受けるわけにはいかない。だが伯花妃が語った晏銀揺のことは気になる。

無言の空気と珠蘭の揺れる瞳から察したのか、伯花妃が言う。先ほどの声よりも幾分柔らかな声音で。

「強要はせぬ。何かわかれば教えてほしい、そういう頼み事だ。気を緩めて茶を楽しめ」

香茶はすっかりと冷えていた。あれほど濃く香っていた茉莉花も今では香りがわからない。一口茶を啜れば、瑪瑙宮の蜜糖入り茶とは異なる、苦く渋い味が口に広がった。


伯花妃から聞いた話はなかなか頭を離れず、その夜は寝付くのに時間がかかった。ようやく太陽が昇った時には寝不足で瞼が重い。頭もぼんやりとしていた。

珠蘭は厨《くりや》へ向かい、河江の仕事を手伝う。最近は厨での仕事も手伝うようになっていた。とはいえ皮むきなどの雑用だ。

沈花妃の部屋へ粥《かゆ》を運ぶ。部屋に入ると花妃は華のように微笑《ほほえ》んだ。

「まあ珠蘭！　待っていたのよ」

ここ数日と違って、沈花妃は随分と嬉《うれ》しそうにしている。よいことがあったのだろうか。沈花妃の笑顔につられて、珠蘭の表情も柔らかくなる。

「何かよいことでもありましたか？」

「そうなの。今日、海真がこちらに来るんですって」

珠蘭が翡翠宮に向かった後、劉帆は沈花妃と会っていた。そこで海真の来訪について聞いたのだろう。

「牡丹簪《ぼたんかんざし》と紅鈴の歩揺《ほよう》で悩んでいるの。相談に乗ってちょうだいね」

髪飾りはどちらも沈花妃のお気に入りのものだ。海真と久方ぶりに会えることが嬉しいのだろう。その姿が微笑ましく、こちらも幸せな気持ちになる。

（兄様が来るってことは、劉帆も来るのかな）

劉帆が来るのならばこちらに声をかけてくるだろう。その際に、昨日伯花妃から聞いた晏銀揺のことを聞けるかもしれない。晏銀揺の謎は珠蘭も気になるところだ。


宦官《かんがん》に扮《ふん》した海真と劉帆がやってきたのは昼過ぎのことだった。

沈花妃は劉帆と珠蘭も同席するよう命じたが、二人は遠慮して部屋を出た。沈花妃と海真が久しぶりに会えるのだから、そっとしておいた方がいい。

その間、珠蘭と劉帆は庭に出た。今日は日差しが厳しく暑いので外を歩く宮女はいない。

「甜糖豆《テンタントウ》、ありがとうございました。部屋に帰ったら置いてあったのですべて美味《おい》しく頂きました」

まず昨日の甜糖豆について礼を告げる。開口一番にその話をするとは思わなかったらしく、劉帆はまたしても失笑していた。

「君を素直にさせるほどあれが好きか」

「はい。またよろしくお願いしますね。たくさん持ってきて頂いて構いません」

「そこまで頼みこむほど美味しいものかねえ」

庭を中ほどまで歩いたところで、珠蘭が切り出した。

「劉帆は、晏銀揺という方を知っていますか？」

劉帆の足が止まった。

「うん？　それは先代の翡翠花妃だね」

「先代の翡翠花妃である晏銀揺は失踪しているそうなんです」

しっかりと頷く仕草から、劉帆もここまでは知っていることらしい。

「失踪した理由をご存じですか？」

「いやいや。それは知らないよ。僕はそこまで詳しいわけじゃないからね」

劉帆ならば知っているかと思ったが、晏銀揺の失踪理由について知るのは難しそうだ。

突然晏銀揺の名を出してきたことで察しがついたらしく、劉帆が問う。

「それを調べてほしいと頼まれた？」

「はい。伯花妃から先代翡翠花妃の話を聞きました」

「同じ翡翠宮のものとして、先代の失踪理由が気になるのかねえ……そんなの調べても楽しくないだろうに」

やれやれ、と劉帆は肩をすくめて歩き出す。

「今から二十年ほど前に、後宮に赤子の泣き声が響いたという噂話《うわさばなし》もしていました。特に捜せなどとは言われなかったのですが、晏銀揺がいた頃の話なので、少し気になって」

再び、劉帆の歩《あゆみ》が止まる。それから呆《あき》れたように言った。

「そういうのはよくある話だろう。やれ幽霊だの赤子の泣き声だの。君も、くだらない噂や話に付き合うのはやめた方がいいぞ」

やけに返答が早い。詳しく聞かずに切り捨てるのは劉帆らしくない。珠蘭は眉根《まゆね》をよせて、訝《いぶか》しむ。

「劉帆はこういう話を信じないんですね」

「そりゃそうさ。不死の帝《みかど》は子を必要としない。それは君も知っているだろう？」

不死帝は一人ではない。不死帝という象徴は、容姿の似た男たちの入れ替わりで続いている。血族重視ではないため子を必要としないのだ。

だから後宮で誰かを愛することもなく、子を作ることもない。

霞では、死を超越した不死帝を敬う者もいれば、畏《おそ》れを持つ者もいる。宮女の中にも不死帝を畏れている者はいるだろう。そういった者の恐怖心が赤子の泣き声を生み出したのかもしれない。

「……珠蘭」

劉帆は振り返らず、背を向けたまま告げた。

「その好奇心は素晴らしいけれど触れてはいけないものもある。君の目的は兄の解放だからね、伯花妃の頼み事は忘れた方がいい」

今まで聞いたこともない、地を這《は》うような低い声。珠蘭の好奇心を押さえつけるような迫力がある。だから従うしかなかった。「はい」と返事をすれば、珠蘭が思っていた以上に無機質な声が出た。

（晏銀揺の話を劉帆にするのはやめておこう）

庭の土を踏みしめ考える。他に聞けるとしたら誰がいるのか。

人の気配に振り返れば、李史明の姿があった。相変わらず何を考えているのかわからない冷淡な顔つきをして、不快そうに珠蘭を見下ろしている。

「……劉帆、何を遊んでいるんですか」

史明は珠蘭を無視して、劉帆に声をかける。

劉帆はいつものようにへらりとした笑みを貼り付け、それに答えた。

「あれ。史明もきたのかい？　僕と海真で充分だと思ったのに」

「二人では強情な花妃を説得できるとは思えないから来たんですよ。早く行きますよ」

史明も沈花妃の部屋に向かうらしい。珠蘭も向かおうとしたがそれを制するように、史明がこちらを睨《にら》んだ。

「あなたは席を外してください。首を突っ込まれるのは厄介なので」

こうもぴしりと制されれば抗《あらが》うことはできない。珠蘭は手を組み、一揖《いちゆう》した。

（一体、何の話をするんだろう）

去って行く劉帆と史明の背を目で追う。それでも答えは見えそうになかった。

夕刻、掃除を終えた珠蘭が自室に戻ろうとした時である。廊下の角を曲がって自室が見えてきたと思えば、扉の前に海真が立っていた。

「沈花妃との話は終わりましたか？」

相手は兄であるが、ここは瑪瑙《めのう》宮。他の宮女たちがいることを思えば、親しい口ぶりはできない。宦官と宮女の関係性を装って声をかける。

「ああ。今は、とりあえず」

海真の返事はどうも歯切れが悪い。よい話ではなかったのだろう。

「少し時間をもらえないかな。相談したいことがあるんだ。沈花妃には珠蘭を借りると言ってあるから気にしなくていい」

珠蘭は水桶《みずおけ》を部屋に置き、支度を調えて部屋を出た。

瑪瑙宮を出れば外は赤く染まっている。西日に眼球を焼かれてしまいそうだ。珠蘭と海真は日陰を選んで歩く。

向かったのは瑪瑙宮と珊瑚《さんご》宮の間。砂利道を外れて、茂みの方へと歩いていく。その先に何かがあるわけではなく、人気の無いところを選んでいるのだろう。

「呼び出した理由を教えていただいても？」

「沈花妃の件で、珠蘭に頼みたいことがあるんだ」

「今日、お会いしていたことと関係があるんですね？」

「ああ。沈花妃が不死帝を拒否していることは知っているだろう。あれを何とかしないと花妃の身が危うくなる」

樹《き》の根元に腰を下ろし、海真はため息をつく。

「珊瑚宮の一件が事態を悪くさせた。公にしていないが、樹然が男だった話は瑠璃《るり》宮で噂《うわさ》され、不死帝を拒否する沈花妃も同じ罪を犯していると疑う者が多い」

「確かに。この状況では疑われますね」

「ましてここ数年の不死帝は花妃の許《もと》に行っていない。後宮の平穏を保つには不死帝が必要だ。だからこそ沈花妃を説得しにいったんだけどね……」

「沈花妃は拒否したことでしょうね」

「今日も泣いていたよ。途中で劉帆と史明が来てくれなかったら、沈花妃はまた部屋から逃げ出していたかもしれない」

珠蘭と別れた後の劉帆と史明は説得のために沈花妃の許に向かっている。その結果がよいものでないことは、疲労感のにじみ出た兄の表情から察しがついていた。

「そこで頼みがある」

海真は顔をあげ、珠蘭を正面から見つめた。

「沈花妃の様子を気にかけてほしい。今回の件で精神的に追い詰められているだろう。だから、よからぬことをしないよう見守ってほしいんだ」

不死帝の渡御となれば、沈花妃は絶望する。沈花妃は優しく、しかし芯《しん》の強さを持っている。その心に董海真がいるうちは、他の男と夜を共にしたくないと泣くだろう。

沈花妃を見守ることに異論はない。だが、珠蘭にはわからないことがあった。

「……事件を解く手伝いをすれば、兄様は解放されるのだと思っていました」

それは壕《ごう》を出た珠蘭が交わした約束だ。不死帝という重圧から兄を解放すべく動いていた。珊瑚宮女殺人事件が終わり、諸々《もろもろ》の始末が片付いた後にその時が来るのかと思っていたが、蓋《ふた》を開ければ新たな頼み事である。

「私には、兄様がここに残りたがっているように見えます」

これまで、海真が『後宮を出たい』『不死帝をやめたい』と口にしたことはない。それどころか後宮の平穏をよく考え、そこにいる人々と接することを好んでいる。

(兄様がどうして残りたいと思っているのか――それはきっと)

もしも珠蘭が望み通りの働きをし、褒美として解放される時がきても、海真はそれを望まないのだろう。その理由は思い当たっている。贄姫《にえひめ》として一人でいたならばきっと気づかなかった。わずかな期間であれ様々な人と接したことが珠蘭の視野を広げ、だからこそ兄の変化に気づけたのだ。珠蘭は兄をまっすぐに見据え、問う。

「兄様が、ここを離れたくないと思っているのは……沈花妃が理由ですね」

この問いかけに、海真は気まずそうに唇を噛《か》みしめてしまった。口にしていいのか自問自答しているような、重たい沈黙である。

「私は、兄様の心を知らずに動くのは嫌です」

珠蘭が告げると、海真は覚悟を決めたかのようにため息をついた。漏れ出た言葉は弱々しいものだった。

「俺の立場はわかってる。これが許されないこともわかってる。阿呆《あほう》だと罵《ののし》ってくれて構わない……だけど、彼女は特別なんだ」

「……恋、ですか？」

「最初は、沈花妃は俺を助けてくれたから惹《ひ》かれていると思っていたよ。でも違う。恩人だけでは片付けられない特別な存在なんだ。これを何と呼ぶのかは、俺にもわからない」

ぼんやりと遠くを見つめる瞳《ひとみ》には、沈花妃への思慕が映っている。言葉にしないだけで海真自身は、その感情に気づいているのかもしれない。

「俺はいきなり連れ去られただろう？　瑠璃宮は不死帝の条件に合う男を探していて、それに俺が当てはまっていた。気がついた時には都にいて、家に帰りたくても帰れない。ここにきたばかりの頃は、地獄にいるようだった」

その口が語るのは、三年前のこと。珠蘭の前から董海真が消えた時だ。

容姿や才に優れた者が拐《かどわ》かされるのはよくある話。宦官《かんがん》になるべく処置を受け、都に連れて行かれるのだと語られていた。だから珠蘭たちの親は、海真が帰らぬことを嘆いたが、定期的に届く金子《きんす》によって、彼が都で生きていると察していた。

「珠蘭や両親、見慣れた海。故郷に帰りたくて、逃げ出したことがある。霞正城《かしょうじょう》を出て、都をひた走った――こうしてここにいるから、結果はわかっていると想《おも》うけど」

望郷の念に駆られて城を飛び出したという話が、珠蘭の胸を締め付ける。兄の苦しそうな顔を見ているのはやはり辛《つら》い。

「その時に出会った人がいた。とても綺麗《きれい》な人でね、帰る場所のない俺は見るからに不審な人物だったろうに、優しく声をかけてくれたんだ。でも彼女は家の意向で後宮に入ることが決まっていた」

「もしかして、その方が沈花妃ですか？」

「まだ花妃になる前だったから、沈麗媛《しんれいえん》という名だった」

空を見上げる、その表情は昔を懐かしんでいるのか穏やかだ。その瞳が夕暮れの空を映していているから、寂しく切なそうに思えてしまう。

「この人が苦しむことのないよう守らなければと思った。幸い俺は不死帝の候補、彼女を守る立場になれる。だから故郷を捨てたんだ。この人を陰から守るために、俺は霞正城で生きると決めて」

そう話した後、海真の視線がこちらに向く。そして頭《こうべ》を垂れ、詫《わ》びた。

「珠蘭を巻き込んですまなかった。俺を解放するためにと珠蘭が告げた時にはもう、霞正城で生きることを決意していたから」

「……なぜ、早く話してくれなかったんです」

「信頼できる協力者がどうしても必要だった。それに珠蘭の瞳は武器となる。瑪瑙宮にいれば、俺の手が届かない時も沈花妃の力となり、俺が殺されたとしても彼女は守られる」

無意識のうちに腕輪に触れ、指に力をこめていた。肌に爪が食いこむ。

(卑怯《ひきょう》だ。早く教えてくれていたなら私は――)

できることならば最初に知りたかった。珠蘭を信頼していると語るのならば、心のうちをもっと早くに明かして欲しかった。珠蘭が兄を慕っているがために、裏切られたような心地になる。

「……兄様はずるいです」

「俺は最低だよ。ここが危険を伴う場所だとわかっていて妹を呼んでしまったから」

兄は、沈花妃を慕っている。立場としてその感情を認めることができないまでも、故郷や家族を捨てられるほど、沈花妃を守りたいと思っているのだろう。

珠蘭だって沈花妃という人を好いている。いつも気にかけてくれる優しい姉のようだ。だから、これらの話を聞いても胸中を占めるのは失望だけではない。人心に寄り添う海真らしい行動だと納得さえしている。

(兄様の気持ちを知って……私はどうすべきだろう)

ここに残ることに意味はない。聚落《しゅうらく》へ戻ってもいいはずだ。

しかしその決断ができないのは、後宮で築き上げた関係のせいだ。今さら簡単に投げ捨てられない。後宮に居続ける目的を見失ったとしても、兄や沈花妃のことが気にかかる。

「兄様の解放ができないのなら私がここにいる意味はありません……ですが、もう少しだけ手伝います」

珠蘭が告げると、海真は安堵《あんど》したらしく穏やかな表情へと戻った。

「ありがとう。珠蘭には迷惑をかけてばかりだ——不死帝の渡御がなければ沈花妃の立場が危うい。それ以外でも後宮は何があるかわからない。だから沈麗媛のことを頼む」

今の海真は不死帝だ。いつ殺されるかわからない立場にある。

(兄様の身に何かが起きても、私が沈花妃を守るように。それほどまで慕っているのに互いに想いあっていると知れば、その立場が切ないものになっていく。

不死帝であることを明かせず、ただの宦官として接する海真。海真を慕うが故に不死帝を拒否する沈花妃。

（兄様と花妃はすれ違っている）

同じ道を見ているのに交わらない。それがもどかしく、悔しさから手を強く握りしめた。

＊＊＊

翌日、沈花妃宛《あて》の書状が届いていると聞き、珠蘭は瑠璃宮に向かっていた。

城外からの書状はいったん瑠璃宮に送られ検閲にかけられる。検閲が終わる頃、宮女が取りに向かうのがしきたりだ。

瑠璃色の門柱が見えてくる。これは何度見ても美しい。蒼海色《そうかいしょく》は心が凪《な》ぐ。いったん足を止め、その瑠璃色を目にしっかりと焼き付けた。

そうして宮に入ってすぐである。廊下の向こうを歩いてくる人物がいた。糯裙《じゅくん》を着ていることから女人だろうが、頭から長布を被《かぶ》っているため顔はわからない。手を前で組んでおずおずと歩き、珠蘭の方をちらりとも見ようとしなかった。

（どこかの宮女にしては、糯裙の色が違う）

目を引いたのは糯裙の色だった。黒衣。漆黒のような色はどの宮でも使われていない色。

気になってすれ違い様に、相手の様子を窺《うかが》う。俯《うつむ》いてはいたが、布が揺れた隙にその耳朶《じ》が見えた。

「……水影《すいえい》」

咄嗟《とっさ》に、その名が出た。呟《つぶや》こうと思ったのではなく自然と、こぼれるように。

黒衣の者はぴくりと背を震わせたが、何事もなかったように歩いていく。

水影は珊瑚宮の一件にて捕らえられたはずだ。だが、その後の話は聞いていない。処断されたのだと思っていたのだが。

(あの形は間違いなく、水影だ)

確信するも、水影は振り返ろうとせず歩いていく。逃げるように歩《あゆみ》を速めていた。

珠蘭はそれを追う。もしも水影ならば、なぜここにいるのか。まさか逃げ出したのかと嫌な汗が浮かぶ。

だが、それ以上の深追いは許されなかった。

「董珠蘭！」

冷ややかな声が廊下に響く。見れば、李史明がこちらをひどく睨《にら》みつけていた。ぎらついたまなざしに怒気が潜んでいる。

珠蘭が史明に気を取られている間に、水影は去っていった。

「そこで何をしている」

「申し訳ありません。見覚えのある者がいたもので」

史明は水影が消えた廊下を見やり、舌打ちをする。

「お前は関係ない。こちらで処理したことだ——用件はわかっている、ついて来い」

嫌な汗が体に張り付き気持ち悪い。史明の声が冷淡であることも不快感を倍増させる。

渋々ついていくと、向かったのは宦官たちが使う部屋の一つだった。今は誰もいないらしい。珠蘭が部屋に入るなり、史明は扉を閉めた。

「董珠蘭。後宮に来た目的をわかっているのか？」

「兄様を解放するべく、後宮の情報収集……と思っていますが」

その返答を、史明は鼻で笑った。

「違う。諜報《ちょうほう》活動は瑠璃《るり》宮に命じられた件だけ、だ」

李史明は振り返り、珠蘭の方へと歩いていく。彼の右手は、腰に佩《は》いた刀の柄を撫《な》でた。

「他の者に肩入れをし、余計なことをしているな。その好奇心はお前を殺す」

一瞬にして、思い当たる。それは先代翡翠《ひすい》花妃、晏銀揺のことを示しているのだろう。

つまり、彼は晏銀揺について探られたくない。今にも刀を抜きそうな手や、鷹《たか》のように鋭い眼光がそれを告げている。

「劉帆に気に入られているからと調子に乗らぬようにな。私は、お前を斬ることに躊躇《ためら》いを持たない。劉帆ができぬと言うのなら、私がやるまで」

珠蘭は口を噤《つぐ》んだ。その態度が気に入らなかったのだろう、史明は忌々しそうに言った。

「それとも自分が殺されるより兄が殺された方が考えを改めるか？　お前もこの制度は知っているだろう、『代わり』はいくらでも作れる。お前の兄が死んだとしても変わらぬ。国を動かす霞の六賢《ろくけん》が似た容姿の者を探し、新たな不死帝とするだけだ」

名は出さなかったが、従わないのなら不死帝を殺しても構わないと告げているのだろう。

だが、違和感があった。

（兄様が死んだら、次の不死帝は劉帆がなるはずじゃ……）

史明は『似た容姿の者を探す』と告げた。次は劉帆のはずが、なぜかその名が出ない。

「命を守りたいのなら従え。お前は瑠璃宮の駒だ」

疑問を口にすれば史明の怒りを買う。ここは大人しく引き下がるのが得策と判断した。

「わかりました。従います」

「二度と忘れるな。次はお前を斬る」

珠蘭の反応に満足したのか、史明の右手は刀の柄から離れた。袂《たもと》から書状を取り出し、床に放り投げる。

「それが目的だろう。さっさと沈花妃のところへ持って行け」

書状は沈花妃の父が送ったものだ。珠蘭はそれを拾い上げ、急ぎ部屋を出た。

瑠璃宮から離れてようやく、自分の手足が冷えていることに気づいた。手は血気を欠いて青白くなり震えている。

晏銀揺の名を出せば、瑠璃宮の冴《さ》えるような蒼海色が牙をむく。そのことが恐ろしい。

後宮が抱える闇を、改めて知った。


書状を届けると、沈花妃はすぐに目を通した。退室を命じられることもなかったので、珠蘭は部屋の隅で待つ。

しばしの間、無言であった。それが途切れたのは読み終えたらしい沈花妃が悲嘆の息を深く吐いた時である。

「父から、ついに言われてしまったわ」

それは涙声で、珠蘭は目をみはる。沈花妃はうつむき、額に手を当てていた。

「これ以上不死帝の渡御を拒否してはならない、ですって。沈家にとって一大事なのよ。わたくしは、沈家だけじゃない、瑪瑙《めのう》宮の者たちだって背負っている。わたくしの動きひとつで皆を苦しめる。これは皆の想いを裏切ってはならないという最終通告ね」

沈花妃の体がか弱く震えていた。外堀は埋められ、あとは頷《うなず》くだけの状態である。それが出来ないのは、心に海真がいるからだろう。

おそらくは海真も沈花妃に進言している。だが海真に言われたところで、思慕に背くことはできない。そこまで海真のことを強く想っている。

「珊瑚《さんご》宮のことがあったから、これ以上のわがままは許されないのね」

ぽたり、と何かが落ちた。几《つくえ》に広げた書状に、水滴の跡がついている。沈花妃の涙だ。

「少し、頭を冷やすわ。考えたいことがあるの」

沈花妃は顔をそむけた。かける言葉は見当たらず、珠蘭は部屋を出る。

気が沈み、胸中は陰鬱《いんうつ》としている。回廊に出て、外の空気を吸うもざわついた嫌な予感は鎮まってくれなかった。

すると回廊の奥に翡翠宮の宮女がいた。彼女はこちらを見るなり駆けてくる。

「董珠蘭様ですね。伯花妃が呼んでおります。いまよろしいでしょうか？」

忙しい日だ。珠蘭は頷き、翡翠宮へと向かった。


翡翠宮の主《あるじ》、伯花妃は今日も悠然とした態度で待っていた。

「突然呼び出して悪かったな。座るがよい」

広げた扇で口元を隠し、目のまわりは今日も仮面をつけている。室内は茉莉花《ジャスミン》の香りが漂い、几には香茶の器が二つ。一つは珠蘭のために用意されていた。

「どうだ？　あれから何かわかったか？」

呼び出した理由は晏銀揺の件である。だが劉帆の反応や、瑠璃宮で史明に告げられたこと。それらを思い返すと、この件への深入りは危険だ。

「申し訳ありません、この件についてお引き受けはできません」

「ほう？　何かあったか？」

「いえ。手がかりが見つからないので難しいかと」

伯花妃の持つ扇が揺れた。仮面から覗く伯花妃の瞳は珠蘭に向いていた。珠蘭の表情から真偽を探ろうとしているのだ。射貫《いぬ》くような鋭い視線に耐えていると、ふっと伯花妃が笑った。

「……おぬしは不器用だな」

「不器用と申しますと？」

「これまで他者との交流が少なかったのではないか？　表情で語ることを苦手とし、会話を真正面から受けとめるきらいがある。その上、嘘《うそ》が苦手だ。世渡りが下手すぎる」

ぎくりと、背が震える。その様子さえ伯花妃は微笑を浮かべて眺める。

「手がかりは確かに見つからないのだろうが……すんなりと引き下がるほど、何かがあったらしい」

「それは――」

「よい。物事には聞かない方がよいこともある。お前の瞳《ひとみ》が恐怖に竦《すく》み上がっているのはそういうことであろう」

伯花妃はそう言って、扇を閉じた。

香茶を一口啜《すす》ると、こちらを見た。目が合うなり、伯花妃はくつくつと喉奥《のどおく》で笑う。

「そう警戒するな。怒っているわけではない。こう見えて、おぬしを気に入っている。出来ることなら翡翠宮の宮女になってほしいぐらいだ。沈花妃もおぬしを可愛《かわい》がっているから難しいだろうが」

沈花妃の名が出てきたことで、先ほどのことを思い出す。翡翠宮に来てしまったが、沈花妃はまだ泣いているのだろうか。

その憂いを悟ったのか、伯花妃が問う。

「沈花妃といえば、近々不死帝が渡ると噂《うわさ》が出ているが……どうだ、沈花妃は元気にしているのか？」

「正直に申し上げて、あまり」

「そうであろうな。あれほど帝《みかど》を拒否してきた強情な花妃だ、屈するのは屈辱であろう」

言い終えるなり伯花妃は立ち上がった。

「来い、おぬしに面白いものを見せてやる」

命じられるまま後を追う。部屋を出て、渡り廊下へと向かった。

そこは黒宮《くろ》に向かう時に見た渡り廊下だ。あの時の伯花妃は警戒してあたりを見渡していたが、今日はそれをしない。歩きながら珠蘭に話す。

「珊瑚宮の呂花妃が襲いかかってきた時、おぬしがかばってくれなければ怪我《けが》を負っていただろう。この首も繋《つな》がっていなかったかもしれない」

「いえ、かばうのは当然のことです」

「それだけではない。いつぞや持ってきた届物を宮女が無下に扱ったとも聞いた。我が命じたことではないが、おぬしを傷つけたのは確かだ。おぬしには恩義がある。だから、今から見せるものは翡翠宮からの詫《わ》びと恩返しだと思えばよい——入れ」

それは渡り廊下の先にある、薄暗い部屋だった。重厚な扉で遮られ、窓はなく、閉めきられていて空気が悪い。

扉を閉めた後、伯花妃は告げる。

「沈花妃が帝を受け入れぬのは想《おも》い人でもいるのだろう。呂花妃のように宮に引き入れているのかはわからぬが、だいたいの想像がつく」

珠蘭は答えず、伯花妃の後をついていく。

「我も、羨《うらや》ましいと思う。毒だらけの後宮で何かを想えることは、純粋に羨ましい」

「伯花妃は恋に憧れるのですか？」

「……そのようなものは忘れた。伯家を背負うだけで精一杯だ」

その言葉はひどく寂しい。伯花妃は誰かを想うことに羨望《せんぼう》を抱いているのだろう。名門伯家を背負うことは、その想いを抱く隙さえ与えなかったのかもしれない。

室内は埃《ほこり》の臭いがする。壁には書が乱雑に並んだ架がいくつもあり、厨子《ずし》の扉には埃の糸がかかっている。だが床は綺麗《きれい》だったことから何度も行き来しているようだ。

最奥には燭台《しょくだい》の灯《あか》りに照らされ、伯花妃がいた。いや、二人目の伯花妃がいたのだ。

「え……どうして、二人も」

珠蘭は隣にいる伯花妃を見る。そして前方にも、同じ仮面を身につけ、同じように髪を結った伯花妃がいる。

何度も首を動かして確認する珠蘭に、隣にいる伯花妃は笑った。

「おぬしの前にあるのは本物の人間ではない。我と同じ衣に偽髪を着けただけだ」

目をこらせば、確かに顔がない。綿を詰めた布袋に仮面を着け、衣を着せている。その髪を撫でながら本物の伯花妃が告げた。

「この偽髪は宮女たちに協力してもらった。これを被《かぶ》るだけで我のようになる」

「薄暗い中なら本物みたいです」

「普段から仮面を着けて顔《かんばせ》を隠す。我に似せた偽髪、我が使う簪《かんざし》や衣はすべて二つずつ揃えた。この部屋にあるのはどれも伯花妃に成るための道具」

「どうして、これを揃えたんですか？」

すると伯花妃は高らかに笑った。「決まっておろう」と愉快そうに切り出す。

「不死帝が来た時のためだ。死を超越したなど得体の知れぬ男に、どうして我の肌を見せねばならぬ。我は不死帝に心を許しておらん。共に閨《ねや》に入るというのならば代役にこれを着せて過ごすとも」

　つまり、不死帝に会いたくないということだ。あっさりとそれを告げたことに驚いていると、伯花妃は仮面を外した。

「仮面を外してもよいのですか？」

「おぬしを信頼しているからな。滅多《めった》にないことだ、その優れた記憶力で、目に我の顔を焼き付けるとよい」

　初めてみるその顔は美しい。双眸《そうぼう》はやや細くつり上がっているものの、凜《りん》として涼やかである。透き通るような肌や額から鼻筋にかけての造形、どれも美しい。

　沈花妃が愛らしさの象徴であれば、伯花妃は聡明《そうめい》さを顔に映している。これを仮面で隠し続けていることが勿体《もったい》ないと思えてしまうほどだ。

　伯花妃は同じ仮面を身につけた人形に触れる。その瞳は温かな光を秘めていた。

「霞には仮面という武器がある。うまく使えば身代わりを立てられる。我は、呂花妃や沈花妃の気持ちがわかるつもりだ。得たいの知れぬものと共に過ごすなど許せるものか」

　身代わりを立てる。その言葉に閃《ひらめ》いた。

　うまくいけば沈花妃の願いを叶《かな》えつつ、瑪瑙宮が帝を受け入れることができるはずだ。

　珠蘭の表情が晴れやかになったことに気づき、伯花妃が笑う。

「我が何を伝えたいか、わかったようだな」

「秘密を教えていただいてありがとうございます」

「これは恩義を返したまで。沈花妃を救ってやるといい」

珠蘭は深く頭を下げた。もう一度仮面をつけた伯花妃は満足そうに頷き、珠蘭の肩を優しく叩《たた》いた。

「後宮《ここ》が誰しもにとって優しき場所になるよう、願っている」

燭台の灯りを消し、扉を閉める。部屋を出た伯花妃は、凜と背を伸ばして珠蘭の先を歩いていった。


翡翠《ひすい》宮を出て瑪瑙宮に戻る頃には空が暗くなっていた。随分と長居をしてしまった。急ぎ戻るも、瑪瑙宮の空気は重たい。

様子が気になり、珠蘭は沈花妃の部屋に近づく。

沈花妃が部屋にいることは間違いない。すすり泣く声が聞こえる。燭台の灯りも見えた。

「昨日も塞《ふさ》ぎ込んでいただろう。これ以上泣いていれば花妃の体が参ってしまうんじゃないかねえ……」

同じく様子を見に来ていた河江が言った。花妃を慮《おもんぱか》って薬湯を用意してきたらしいが届けることさえ出来ていないようだ。珠蘭は部屋の中に向けて声をかける。

「董珠蘭です。入ってもよろしいでしょうか?」

すぐに返事はなかった。しばらく待っていると、掠《かす》れた涙声で「来ないで」と聞こえる。

これは参った。よき案が浮かんだというのに、どうしたら伝えられるだろう。

結局、この場で宮女たちが沈花妃の部屋に入ることはできなかった。そのうちに夜の濃さが増していく。

宮女は花妃を案じて廊下に詰めかけていたが、見張りは交代にするよう河江が提案した。珠蘭も自室に戻る。

(明日は、沈花妃と話したい)

普段ならば眠っている時間だが、寝台に身を預けても眠気はなかなかやってこない。沈花妃のことが心配で眠れそうになかった。

花妃が閉じこもってしまったことで瑪瑙《めのう》宮は灯りを欠いたように暗い。沈花妃はこの宮にとっての大陽だと改めて思い知った。

宵はだいぶ深くなっている。それでも気持ちは落ち着かない。

(少し、庭を散歩しよう)

毛地黄《ジギタリス》の見頃は終わっているが瑪瑙宮の庭を歩くのは好きだった。

特に庭奥の池がよい。池は宮を建てる前からあった。水深が深く、人が立ち入らないよう御影石《みかげいし》の囲いが作られていた。この石に腰掛け、池に映る月を眺めるのはたまらない。

池に浮かぶ水草が風に流されて漂う様に、故郷の海を思い出す。池は美しい蒼海色《そうかいしょく》ではなく濁った枯緑色をしていたが、そこに水があるだけで癒《い》やされた。

周囲には草や花が植えられているがやはり毒を持つ植物に限られている。毛地黄が咲かぬ今はこういった花たちが庭を賑《にぎ》やかにしていた。

庭をぐるりと一周し、池に映る月でも眺めようかと思っていたのだ。

しかし池が遠くに見えてきた時、そこに人影があった。影だけでその人物が誰であるのか判明し、足が動かなくなる。

(あれは……沈花妃？)

その者は夜着を纏《まと》っていた。

そして——池に近づく。その足が凪《な》いだ水面を割ろうとした瞬間、珠蘭は悟った。弾《はじ》かれたように駆け、叫ぶ。

「だめです！」

「……っ、」

静寂を切り裂く叫びにその人物が背を震わせ、振り返った。

振り向いた顔は、やはり沈花妃だった。珠蘭を見るなり、慌てたように池に飛びこむ。

ばしゃん、と盛大な水音が響いた。池は沈花妃を飲み込み、その反動で水しぶきがこちらまで飛んでくる。

珠蘭は慌てて池を覗《のぞ》きこんだ。夜着を着たまま水中に飛びこめば沈むのが早い。慌てて夜着を摑《つか》み、引っ張り上げる。衣は水を含んで重たく、引っ張り上げるのも大変だ。さらに沈花妃は珠蘭を嫌がって、手で振り払おうとする。

引き上げようとしても振り払われてうまく行かず、もう一度水中に手を入れる。

自らの衣が濡《ぬ》れることも厭《いと》わず必死に腕を伸ばした。片手で御影石を摑み、身を乗り出す。沈花妃を救うために夢中になっていた。

再び夜着を摑んだ。今度はしっかりと摑み、振り払われても離さない。

「くっ……だ、誰か！　ここにきて！」

水中から人間を引き上げるのは労力がいる。珠蘭の細腕一本では難しいこと。しかしもう片方の手で何かを摑んでいなければ、逆にこちらが水に引きずり込まれてしまう。

しかし悩む暇はない。この間にも沈花妃の身はどうなるかわからないのだ。

その時。

「いま助ける！　珠蘭、耐えろ！」

男の声がした。姿を確かめなくとも声音から確信する。

「劉帆！　助けて！」

その人物がこちらに駆け寄ってくる。そしてぐいと珠蘭の腕を摑んだ。

「よく耐えた。任せろ」

二人がかりになれば沈みかけていた体も楽に持ち上げられる。

まもなくして沈花妃の体を池から引き上げた。

「花妃、無事ですか？」

「池の水は何が含まれているかわからん。宮医を呼ぼう。助けを呼んでくる」

劉帆が瑪瑙宮へと駆けていく。珠蘭は花妃に付き添っていた。

「あ……わ、わたくしは……」

沈花妃は、意識朦朧《もうろう》とし、足から頭まで全身が水で濡れていた。早く室内に連れて行かないと風邪を引いてしまいそうだ。

しかし引っかかるものがある。花妃がこの池に飛びこんだのが偶然でないことを、珠蘭が目撃しているからだ。助けようとした手を振り払われたことも頭に残っている。

沈花妃は、死にたかったのだ。

(不死帝の渡御があるからと自死を望むだろうか。他にも理由があるのでは……)

外傷はないかと沈花妃の姿を確認する。水に濡れた夜着は肌に張り付き、白色の夜着にぼんやりと肌の色が映し出されていた。だがその背に、肌の色としては異なる、白く浮かびあがった痕《あと》のようなものがあった。

(背に、大きな傷がある)

それは今出来た傷ではないだろう。その部分は肉が盛り上がって瘢痕《はんこん》となっていた。

（もしかすると……沈花妃が不死帝を拒絶する理由は——）

月が照らすだけの夜。董珠蘭が触れたものは、沈花妃が抱える、それもまた夜のように暗いものであった。

駆けつけた者たちと共に花妃を部屋に運ぶ。救出が早かったことが幸いし、命に別状はないと宮医が告げていた。

花妃が自殺を試みたことは瑪瑙宮をざわつかせた。無事であることが知らされ安堵《あんど》はしていたが、沈花妃が身を捨てたくなるほど思い詰めていたのである。

翌朝になって珠蘭と劉帆が花妃の部屋に向かった。宮医と交代し、花妃に薬湯を渡す。

「……あなたたちに、迷惑をかけました」

寝台から身を起こした沈花妃は震えた声で告げる。劉帆は険しい顔をしていた。

「迷惑をかけたと詫《わ》びる前に、なぜこのようなことを思い至ったのか答えてほしいものだ。偶然、僕が瑪瑙宮の近くにいなければ、沈花妃は死んでいたかもしれない。それを助けようとした珠蘭だって、一緒に池に落ちたかもしれない」

珍しく劉帆は怒っているようだった。声も表情も強《こわ》ばっている。

しかし沈花妃は俯《うつむ》いたまま何も答えなかった。その表情は悲哀だけを浮かべている。

「海真のためか？」

呆《あき》れた吐息を混ぜながら劉帆が訊《き》いた。

それにも沈花妃は答えない。沈黙を肯定と受け取ったらしい劉帆が続ける。

「他者に特別な感情があるからと帝《みかど》を拒否し、それを貫くために死ぬのはやめた方がいい。その背には瑪瑙宮や沈家、様々なものがのし掛かっているはずだ」

沈花妃の顔が苦しそうに歪《ゆが》められる。

珠蘭も、当初は劉帆と同じように考えていた。沈花妃が不死帝の渡りを拒否したいのは、海真のためであると。

けれど違う。沈花妃という人は優しく、周囲をよく見ている。沈花妃が死んでしまえば残された海真がどれほどの後悔を背負うかわかっているはずだ。海真のためだけで死を選択するとは思い難い。

となればもう一つ理由があるはずだ。それでも死を選びたがるほどの理由が。

「思い過ごしかもしれませんが、沈花妃が帝を拒否する理由はもう一つあるのでは」

おそるおそる問う。沈花妃の驚きに見開かれた瞳《ひとみ》が珠蘭を捉えた。

「私が瑪瑙宮に仕えてから、着替えや沐浴《もくよく》などは手伝っていません。その刻限になれば古参の宮女がやってきて退室を命じます。花妃が肌を晒《さら》す事柄になれば、必ずのこと」

信頼を得ていないのかと悩んだこともあるが、実際は違った。月日が経《た》つにつれ、沈花妃は珠蘭を可愛《かわい》がった。暇な時は呼び出して茶を楽しもうと提案するぐらいに。

「この宮にいる宮女の数が少ないこと。着替えなどは、花妃が沈家から連れてきた古参の者にしか任せないこと。これらから、何か秘密があるのかもしれないと想像していました。いつか信頼していただけた時にお話しして頂けるのかと思っていましたが」

「で、それがもう一つの理由になると？」

劉帆に問われて、珠蘭が頷《うなず》く。だがこれを語る前に確認を取らなければならない。もう一度、沈花妃に向き直る。

「沈花妃、お話ししてもよいですか？」

「……ええ」

沈花妃の返答は諦念《ていねん》で作られていた。

「その背に大きな傷痕がありました。見たのは、昨夜のことです」

「やはり……見てしまったのね」

「はい。でもこれで謎が解けました。沈花妃が帝を拒否する理由は、海真への想《おも》いだけでなく、その傷を隠したいからではありませんか」

「傷？　なぜそれを隠さなければならない？」

「不死帝をお迎えすれば肌を見せなければなりません。体に傷があるとわかれば、不死帝に厭われるかもしれない……そう考えたのだと思います」

これを聞いた劉帆が驚いたように沈花妃を見る。花妃はため息と共に頷き、認めた。

「珠蘭の言う通りよ。わたくしの背には醜い傷があるわ」

細い手で顔を覆う。声が震えていたことから、泣いていたのかもしれない。

「海真を想うのなら帝を受け入れるべきだと、とっくにわかっているのよ。でもね、不死帝を受け入れてこの傷を知られてしまえば、醜い体を持つわたくしは宮を追われるでしょう。そうなれば二度と海真に会えなくなる」

沈花妃は背の傷を疎んじているのだろう。だから親しい宮女にしか背を見せなかった。

「不死帝を受け入れても受け入れなくとも、わたくしは立場を追われて、宮から出て行くのでしょう。どちらも結末は変わらないの。だったらもう――」

恐怖によって国を治めてきた結果、霞の者たちは不死帝をひどく恐れている。沈花妃もその一人だ。不死帝が傷を持つ者を疎んじた話はないが、植え付けられた恐怖から傷一つ見せてはならないと思いこんでしまっている。

（いまの不死帝は海真だから、背の傷で追い払うことはしないはず）

だが、それを沈花妃に伝えることはできない。沈花妃がどれほどに怯《おび》えたとしても、不死帝の秘密は守り続けなければならなかった。

海真と沈花妃。二人は『不死帝』によってすれ違い続けている。

ならば今こそ。翡翠《ひすい》宮で伯花妃から聞いたことが使えるのではないか。

「沈花妃、提案があります」

珠蘭の発言に注目が集まる。

「夜だけ私が沈花妃に成り代わります。背丈や体つきは似ていますから、髪や服を誤魔化《ごまか》せば何とかなるはずです」

「でも気づかれてしまったら大変な騒ぎになるわ」

「不死帝と沈花妃はまだお会いしたことがない。今なら騙《だま》せます」

伯花妃が提案したかったのはこれだ。沈花妃と珠蘭の背丈は似ている。どちらも細身だ。顔つきは似ていないが、仮面をつければ誤魔化せる。

それだけではない。これが騒ぎにならないという確信がある。

（ここに劉帆がいるから、海真まで話が通るはず）

珠蘭は不死帝が兄だと知っている。沈花妃を想う兄ならば協力してくれるだろう。

この方法ならば沈花妃が傷つくことはなく、不死帝を受け入れたとして後宮内の立場が追いやられることもなくなる。全員が幸せになる手段だ。

だがこれに異を唱えたのが劉帆だった。

「まてまて。お前が沈花妃のふりをすると？」

「はい」

「相手は不死帝だぞ。お前も、それはわかっているはずだ」

「もちろん承知しています」

どうも劉帆は納得していないらしい。

沈花妃はというと、突然舞い込んできた話に困惑しつつ、しかし希望の光を見いだしたのか表情が明るい。

「珠蘭……本当にいいのね？」

「はい。ここは仮面後宮ですから、私たちだって仮面をつけて騙しましょう」

沈花妃を安心させるようにっこりと微笑《ほほえ》む。

劉帆はというと、物憂げなまなざしを珠蘭に向けたまま、その唇は不機嫌な一文字を描いていた。


花妃の部屋を出て、回廊まで歩いた時である。無言を貫いていた劉帆が声をあげた。

「どういうつもりだ。成り代わりを提案するなど、正気か？」

「沈花妃のことを考えての行動です。こうすれば沈花妃が傷つかずに済みますから」

どうやら劉帆はあの提案が気に入らないらしい。声音は苛立《いらだ》ちを含んでいる。

珠蘭は、劉帆がここまで怒る理由がわからなかった。沈花妃に成り代わる手段は誰も傷つくことがない。この話が海真まで至れば問題はないはずだ。不死帝として海真がやってきても何事もなく朝になるのを待てばいいこと。沈花妃は傷つかず立場も守り、海真だって沈花妃を守れる。

「劉帆が怒ることでしょうか？」

「この件に怒っているのではない」

「では何に腹を立てているんです？」

するど、劉帆は足を止め、振り返った。

「最近の珠蘭が理解できないからだ」

飛んできた答えに珠蘭は首を傾《かし》げるしかなかった。想像の斜め上である。

「僕が思っていたよりも後宮の物事に深入りしていく。沈花妃にここまで肩入れするなんて思っていなかった。沈花妃だけじゃなく伯花妃にも気に入られている。だから余計な話を聞いてきたのだろう」

余計な話とは晏銀揺のことだろう。思い当たるも、口にすることはできなかった。

「君はするりと人の心に入って、何かを変えていく。冷えた毒の園である後宮が、君が来たことで変わっていくんじゃないかと怖いんだ」

「劉帆は、後宮が変わることが怖いんですか？」

その問いかけに、劉帆は少し悩んだ後、頷いた。

「怖いとも。ここは温かな場所じゃない。謀《たばか》りと裏切りの園だ。愛だとか恋だとか、そういうものを僕は信じていない」

その言葉は珠蘭に向けているようで、劉帆自身にも言い聞かせているようでもあった。

気まずい空気が流れている。劉帆はそれ以上語ろうとせず、背を向けてしまった。

（この場所は本当に、謀りと裏切りの園だろうか）

どうしても引っかかる。歩き出す劉帆と異なり、珠蘭はその場に立ち尽くしたまま。

波音が聞こえた気がした。海などないこの場所で、聞こえたその音は記憶に焼き付いたものだ。稀色《まれいろ》の瞳に焼き付く記憶が、珠蘭を呼んでいる。

珠蘭は目を閉じ、記憶を辿《たど》った。

思い浮かぶのは、後宮で出会った様々な人たち。

（壕《ごう》で暮らしていた日々は物悲しいものだったと、いまならわかる。外に出なければ、この暮らしを知ることはできなかった）

想像もしていなかった、華やかで飽きない環境だ。そして何よりも――。

（温かい場所だと、思う）

確かに謀りはある。水影に襲われた時の恐怖は残っている。それでもこの場所は温かい。

珠蘭を気にかけてくれる姉のような沈花妃に、最初に珠蘭を認めてくれた河江。

そしてこの瞳を稀色と呼び、認めてくれた楊劉帆。

結論が浮かぶと同時に、劉帆の背を追いかけた。

「私は、信じたいです」

劉帆の体がぴくりと反応した。構わず、珠蘭は続ける。

「だってここは温かい場所だから。後宮に優しさがあってもいいと思います。誰かが泣いたり苦しんだりするだけじゃないと信じたいです」

恋人を失った呂花妃の苦しみに、伯花妃は寄り添っていた。不死帝を拒否する沈花妃のことだって理解している。仮面の下で、それぞれは優しさを隠し持っているのだ。

「私は……みんなが悲しむ姿を見たくありません」

珠蘭はそこで足を止める。珠蘭の言葉が劉帆に届いたのかはわからない。彼は振り返ることも口を開くこともなく、回廊の先へと歩いていった。

＊＊＊

昨晩の瑪瑙《めのう》宮での騒ぎは公にならず、秘密裏に扱われることとなった。予定通りに事は進む。この数年、妃の許《もと》に通わなかった不死帝がついに動く。

沈花妃は珠蘭の提案を受け入れた。

入れ替わるために必要な道具は、沈花妃も驚くほど手際よく用意することができた。伯花妃に秘密を教えてもらわなければ、もっと時間がかかっただろう。

珠蘭と沈花妃の入れ替わりを知っている宮女はわずかだ。宮女の装いをした本物の沈花妃は人目につかないよう、珠蘭の部屋に移動している。

(今晩、兄様が来る。話は通っているだろうから、構えなくてもいいけど)

兄と妹。ゆったりと話せた時間は先日の散策の時だけだった。今日は人払いをしているので朝までのんびりと兄妹《きょうだい》の語らいが出来る。

花妃に扮《ふん》して、部屋で待つ。しばらく経《た》つと外が騒がしくなった。

外では瑠璃《るり》宮の宦官《かんがん》や官吏が列を作っている。手提げ燭台《しょくだい》を持った者や不死帝の来訪を報《しら》せる小太鼓を持った者など。その中央を歩くのはいつぞや瑠璃宮で見た不死帝だ。金飾の仮面の下には海真がいるのだろう。

瑪瑙宮の宮女たちもばたばたと慌ただしい。朝から張り詰めていた緊張感が、いま爆発しようとしている。部屋の前にいるひとりが戸をたたき「不死帝がいらっしゃいますよ」と掠《かす》れた声で教えてくれた。

開いた扇で口元を隠しながら扉を睨《にら》んでいると、しばらく経って扉が開いた。

「我らが霞の蒼天《そうてん》。瑪瑙宮への来訪を至極光栄に存じます」

恭しく礼をする。手を前で合わせ腰を落とす花妃の礼だ。これは沈花妃に教えてもらって練習した。

不死帝は振り返り、部屋の外で待つ宦官や宮女たちに向けて手をあげた。下がれと合図を送っている。すぐに扉は閉められた。

人払いをしたとはいえ外の者たちに聞こえぬよう、部屋の奥まで歩く。不死帝は何も語らず後ろをついてきた。

（わかっているはずなのに、兄様が不死帝の格好をしていると緊張する）

不死帝は畏《おそ》れの対象である。それがすり込まれているからか、中身が兄だとわかっていても恐ろしい。

部屋の奥でようやく足を止める。珠蘭が瑪瑙仮面を外そうとした時だった。

「珠蘭」

沈花妃の格好をしているからこそ、名を呼ばれると心臓を摑《つか》まれたようになる。どぎまぎしながら不死帝を見上げようとすると、彼の口元が弧を描いた。

「なんだ。まだ僕がわからないのか」

「は、はい？」

そう言って、不死帝が自らの仮面に手を伸ばす。いざ仮面を外すと、そこにいたのは董海真ではなかった。

「な、なんで、劉帆が……」

劉帆が来るなど聞いていない。今の不死帝は海真のはずだ。

狼狽《うろた》える珠蘭に、劉帆はくつくつと笑う。その手は珠蘭に伸び、瑪瑙の仮面を外した。

「そこまで驚かなくてもいいだろう。僕だって不死帝候補の一人だ」

「で、でも今は兄様が不死帝では……」

「もちろん。だから今日は海真に頼みこんで、僕が不死帝になった」

劉帆は愉《たの》しそうに言って装飾品を外していく。身軽になったところで寝台に寝転んだ。

「そう固まっていてもつまらんだろう。朝まで長いんだ、気を楽にした方がいい」

「は、はあ……てっきり兄様が来ると思っていたので……」

「だろうな。でも瑪瑙宮も入れ替わっている。文句は言えまい」

それは劉帆の言う通りだ。入れ替わっているのはどちらも同じ。

だが、兄が来ると思っていたのだ。それが劉帆となれば身構えてしまう。いまだ一歩も動けず困惑したままの珠蘭に、劉帆は手招きをした。

「ほら、おいで。何も手を出したりはしないから」

「う……」

「それは海真にも誓っている。あれは妹のことになるとしつこいな。何回約束させられたかわからん。ともかく僕を信じて、さあさあ」

しばし悩んだ後、珠蘭もおずおずと寝台に腰掛ける。隣に寝転ぶほど気を許すことはできないのでこれが精一杯だ。

「ふむ。甜糖豆《テンタントウ》でも持ってくればよかった。そうしたら懐いたかもしれないのに」

「久々に食べたいですね」

「今度持ってこよう。たくさん持ってきて、君が何粒で音をあげるか試してもよいな」

「百粒は余裕です」

「それは僕の懐が甜糖豆だらけになりそうだ」

百粒も持ってくるのかと想像して、珠蘭は笑った。すると劉帆が起き上がり、その顔を覗《のぞ》きこむ。

「うん。君は笑っていた方がいいね」

「そうですか？」

「自覚がないのか。君は笑ってる時が一番可愛《かわい》い」

可愛い、と改めて言われれば妙な気持ちが生じる。腹の奥底を温かなものでくすぐられているような気分だ。見つめ返すのも気恥ずかしく、珠蘭は顔を逸《そ》らした。

劉帆は再び寝台に寝転ぶ。天井を見上げながら呟《つぶや》いた。

「……じっくり話がしたかったんだ。だから楽にしてほしい」

「私と話……ですか？」

「うん。だから寝転んで。本当に手は出さないから」

いつもの軽薄な物言いから、真剣なものへと変わり、珠蘭は隣に寝転ぶ。見上げた天井は高く、宮女室とは違う豪奢《ごうしゃ》な造りだ。おそらく瑪瑙色の装飾を施しているのだろう。残念ながらこの瞳《ひとみ》では枯緑色にしか見えない。ましてや燭台の灯《あか》りが頼りの夜だ。

隣に珠蘭が寝転んで少し経ったところで、劉帆が口を開いた。

「これからする話は、誰にもしないでほしい。海真や史明は知っているけれど、君が知っているとなれば史明は許さないだろうから」

「もしかして……晏銀揺に関することですか？」

史明に脅されたことを思いだして聞く。劉帆は「そうだよ」とあっさり認めた。

「君が探りを入れていたことで史明は警戒している。この話は不死帝や後宮だけでなく、霞にとってよくないことだからね」

「それを私が知っても、いいのでしょうか？」

劉帆は体勢を変えてこちらを向く。寝台に垂れた珠蘭の髪を一房撫《な》で、穏やかに告げた。

「いいよ。後宮は温かい場所だと信じている人がいるから、僕の気が変わっただけだ」

「……先日の、私が言ったことですね」

「あれを聞いて、僕も少し考えを変えた。だから君に話そうと決めた」

髪から手を離し再び仰向《あおむ》けになる。劉帆は天井をじいと眺めながら、語り始めた。

「不死帝は罪を犯したことがある。それは僕や海真よりもずっと前の、二十年前に不死帝だった者だ。彼の名は苑月《えんげつ》。生まれは随分と遠い聚落《しゅうらく》で、海真と同じように容貌で選ばれて都に連れてこられた」

珠蘭は黙ってそれを聞く。劉帆と同じように天井を見上げたまま。

「その頃、瑪瑙宮に入った花妃がいた。晏銀揺だ。苑月は不死帝として瑪瑙宮に渡り──そして出会ってしまったんだ」

「まさか……苑月が晏銀揺を好いてしまった？」

「そう。血族制ではない不死帝にとって恋は罪だ。禍根を残すことになる。でも苑月は晏銀揺を愛してしまった。彼女を瑪瑙宮から翡翠宮《ひすい》へと繰り上げたのもそれ故だろう」

晏銀揺が翡翠宮に遷《うつ》ったのは、不死帝の恋が理由だった。誰かを愛することのない不死帝が想《おも》いを抱いてしまったのである。

話はそれだけで終わらない。

「苑月の罪はそこでとどまらず、ついに形となった。二人の間に子が生まれてしまったからね。不死帝は子を必要としない。だから瑠璃宮は焦り、この子供を殺そうとした」

「ひどい。子供に罪はないのに」

「だから苑月は晏銀揺を守った。晏銀揺は行方不明となったことにし、翡翠宮を廃宮にした。晏銀揺らは後宮の奥に匿《かくま》われたんだ」

後宮に響いた赤子の泣き声は、やはり晏銀揺に関係している。伯花妃の勘は正しかった。

「今の瑠璃宮にとって苑月と晏銀揺のことは禁忌だ。これを知るのもわずかな官吏や宦官しかいない。不死帝の罪は封じなければならないからな」

「これが苑月の罪……なんですね」

「自らの立場を忘れた苑月が、ただの男として晏銀揺を愛してしまった。それが罪のはじまりだ。でも苑月が犯した罪はこれだけじゃない」

劉帆はそこで区切り、深く息を吐いた。次に紡がれた声は今までよりも低いものへと変わり、苑月が犯した罪の重さを語るようであった。

「……苑月は晏銀揺だけでなく、子も愛してしまった。何度も通ううちに情がわき、その子供が生き延びる未来を願うようになってしまった。幸いにも生まれた子は男児、苑月によく似た顔をしている――だから悪いことを思いついたのさ」

劉帆は起き上がる。棚に置いた不死帝の仮面を取ると、それを目元に当てて振り返る。

「子を不死帝にする。この仮面制度は苑月の罪を隠してくれるからね。あとは子供の身長や体格が不死帝相応に育つのを願うだけだ」

微笑《ほほえ》んだ後、劉帆は仮面を外す。そこにあったのは諦念《ていねん》と切なさの混じった瞳だ。

「その子供は、可哀想《かわいそう》だと思うよ」

その一言から察する。苑月が残した子供とは目の前にいる者ではないかと。

思えば史明も不思議なことを言っていた。現不死帝である海真が死んだら次を探す、と。

珠蘭は次の不死帝が劉帆であると考えていたので、その発言に違和感を抱いた。だがもしも劉帆が苑月の子ならば、辻褄《つじつま》が合う。

「苑月の子は不死帝候補として存在しながらも、けして不死帝になることはない……当たっていますか？」

確証を得るための問いかけだ。珠蘭が核心に迫っていることを知りつつも、劉帆は頷《うなず》いてこれを認めた。

「そうだよ。いつも次の不死帝として存在しながら、不死帝になることはない。それが苑月が遺《のこ》した、子を守るための手段だ――君は誰のことかわかったのかもしれないけれど」

再び劉帆が寝台に腰掛ける。今度は寝転ばなかった。珠蘭の髪をすくい上げ、撫でる。しかしその目は遠くの何かを見ているようだった。

「その子は幼い頃から『後宮は悲しみの場』だと教えられてきた。苑月が暗殺された後もそうだ。霞の六賢――これは不死帝の秘密を知り、この国を動かす者たちのことでね。六賢の半数は苑月の子を罪人の子と疎んじて、隙さえあれば殺そうとしていた。何度命を狙われたかわからない」

「……劉帆、あなたは」

「知らないふりをして、でも聞いていて。君に話していれば不思議と楽になるから」

髪を撫でる指先が震えている。劉帆にとっては、口にするのも勇気がいる話かもしれない。弱々しい姿を少しでも励ましてあげたくて、珠蘭は己の手を劉帆に重ねる。髪を撫でていた指先は驚いてぴたりと止まった。

「……本当に君は不思議だね」

「自覚はありませんが」

「僕にとって君は不思議な存在だ。その瞳が稀色《まれいろ》しか映さないとしても、僕の知らない色をたくさん知っている」

苑月の子は後宮で生まれ、後宮で生きていくのだ。外に出ず、閉じ込められるように。

(壕《ごう》にいた時の、ひとりぼっちだった私と似ている)

彼が負った不安や寂しさを思い浮かべ、珠蘭は重ねた手を優しく握りしめる。少しでも抱えているものが解けていくように願って。

「辛《つら》くて泣きたくなったら、呼んでください。いつでも劉帆のそばにいますから」

「ふふ。君は、そういう優しいことも言えるんだね」

「はい。甜糖豆を持ってきてもらえればいつでも」

告げると劉帆は笑った。その瞳は寂しげに潤んだまま。

晏銀揺のことを探ってはならない。史明が珠蘭に忠告したのはこれが理由だろう。史明は楊劉帆を守っている。

楊苑月――それが、過去に不死帝であった者。晏銀揺を愛する罪を犯した者。

(晏銀揺のことは忘れよう。伯花妃に聞かれたとしても、私は答えない)

珠蘭はそう誓った。いま聞いたことは忘れて、明日からはいつも通りに劉帆と接しよう。

それが一番だと考えたのだ。

此度《こたび》の不死帝の渡御により、揺らいでいた瑪瑙《めのう》宮の立場は守られた。沈花妃が傷つくこともなく、誰もが傷つかない最適な道を進んだのである。

後宮にしばしの平和が訪れた。珠蘭が晏銀揺のことに触れることもなくなった。この件は胸に秘め、二度と思い出さぬつもりであった。

それが一変したのは秋の頃。風が涼しさを纏《まと》う夜、後宮に死の歌が響いた。

第四章　寵愛の末路

眠れない。眠れない。ああ、いやな夢を見る。

夏は姿を隠し、涼しさを纏う風が吹きすさぶ頃。宮女たちが青い顔をして、睡眠不足を嘆くようになった。

董珠蘭《とうしゅらん》と親しくしている宮女の一人、河江《かこう》も同様の悩みを抱えていた。河江は日増しにやつれていく。青白い肌に、目の下では青黒い隈《くま》がぽってりと浮かんでいた。

「眠れないんだよ」

珠蘭が厨《くりや》に顔を出した時、河江は嘆息した。

「夜になると外が騒がしいんだ。あんたの部屋はあれが聞こえないのかい？」

「私のところは何も聞こえませんけど……」

「羨《うらや》ましいねえ。今日からあんたの部屋で眠りたいよ」

睡眠不足を訴える宮女は多い。どれも河江と同じように外から聞こえる音が原因だと言っていた。

「歌が聞こえるんだよ。でもあれは人間のものじゃない。金切り声だ。人間を祟《たた》るようなきいきいと甲高い音だよ、あれがまた耳障りでね」

「人間のものじゃないとは……その歌がどこから聞こえているのか見ましたか？」

「見ないよ。ここよりは遠いだろうね、かすかに聞こえるんだ。でも耳障りな音のせいで眠っていても目を覚ます。本当にやってられないよ」

河江が嘆いていると、厨の奥から宮女がやってくる。こちらも目の下に隈を作っていた。

「あれは幽霊さ。草木眠る夜に歌うなんて正気じゃない。幽霊の仕業としか思えないね」

「そうだよねえ。あたしも、あれは人間にできることじゃないと思うよ」

寝不足の二人は随分と不平不満で盛り上がっているようだ。

そのやりとりを眺めながら、珠蘭は額に手を当てて考える。

この『歌』とやらは何だろう。珠蘭の部屋に聞こえないのは宮女室の方角が関係していると考えた。河江とこの宮女がいる部屋は同じ向きにあり、窓は珊瑚《さんご》宮の方角に面している。珠蘭の部屋は河江たちの部屋とは対面に位置し、窓は真珠《しんじゅ》宮の方角を向いていた。

(不調を訴える人たちの共通点は、珊瑚宮の方に部屋があること)

しかし珊瑚宮は今や無人の宮だ。かつて主《あるじ》として住んでいた呂花妃《りょファフェイ》は、先の一件で霞《か》正城《しょうじょう》を出ていった。勤めていた宮女たちもそれぞれの家に帰されている。呂花妃が造った庭は取り壊されたが、宮のほとんどはそのまま。その無人の珊瑚宮から歌が聞こえるというのは、到底おかしなことだった。

「ねえ珠蘭。今日だけでいいから部屋を替わってくれないかい？」

「いいねえそれ。あたしも部屋を替わってほしいよ。ゆっくり眠らせてちょうだい」

河江たちは身を乗り出して部屋交換に息巻いていた。よほど寝不足が辛いようだ。

一日だけなら部屋を替わっても支障はない。珠蘭が提案を吞《の》もうとした時、厨に別の宮女がやってきた。珠蘭の姿を見つけるなり声をかける。

「珠蘭。沈《しん》花妃が呼んでいるわよ」

この時間に呼びつけるとは珍しい。珠蘭は慌てて立ち上がる。すると宮女は続けた。

「翡翠《ひすい》宮から伯《はく》花妃もきているの。お茶を持って行ってもらえる？」

さらに伯花妃もいるときた。今日訪ねてくると事前に伝えられていない。突然の来訪だ。

(何かあったのか……)

伯家を背負い、警戒心の強い伯花妃だ。息抜きや暇つぶしに沈花妃の許《もと》を訪ねるとは考えにくい。準備された茶を手に、珠蘭は厨を出た。

部屋に入ると、沈花妃と伯花妃が待っていた。それぞれ向かいあって座っている。

珠蘭が一揖《いちゆう》すると、沈花妃が開いた扇で口元を隠しながら言った。

「急に呼んでごめんなさいね。あなたに相談した方がいいと思ったのよ」

「私にご相談とは」

一体何の用事だろう。心当たりのない珠蘭が訊《き》くと、答えたのは伯花妃だった。

「ここ最近、宮女たちが騒がしくてな。夜半、歌が聞こえて眠れないと騒いでおる」

つい先ほど河江たちが話していたものだ。瑪瑙《めのう》宮だけの話ではなかったらしい。伯花妃は困ったような口ぶりで続ける。

「当初は風の音と思ったが、どうも毎晩続くらしい。風のない夜でも聞こえるそうだ」

「わたくしの宮でも聞く話です。宮女たちが眠れないと嘆いているのよ。金切り声のような歌が聞こえるのだとか」

沈花妃と伯花妃、どちらの宮でもこの騒ぎは起こっている。珠蘭が想像していたよりもこの騒動は範囲が広い。

「呪いの歌や幽霊の仕業と吹聴《ふいちょう》する宮女もいる。これ以上騒ぎが大きくなれば困ったことになるだろうな」

「瑪瑙宮でも睡眠不足から臥《ふ》せった宮女が出ているわ。これ以上人手が減ったら大変よ」

二人は同時にこちらを見る。仮面の奥からすがるようなまなざしが向けられた。珠蘭も薄々、ここに呼び出された意味を察している。

「そこでだ。珠蘭、おぬしに調べてもらいたい」

「わたくしもお願いしたいわ。これではどちらの宮も参ってしまうもの」

珠蘭は少し悩み、頷いた。花妃の頼みを無下に出来ないのはもちろんだが、河江たちのやつれた姿を助けたい気持ちもある。

「解決すると約束はできませんが……出来る限り、調べてみます」

答えると二人の花妃は表情を綻ばせた。


瑪瑙宮で体調不良者が出ているのは珊瑚宮の方角にある部屋を使う者。位置的にも、翡翠宮と瑪瑙宮の間に珊瑚宮がある。

陽が沈み、風が肌寒くなってくる中、珠蘭は珊瑚宮へと向かった。

「……あ、咲き頃」

珊瑚宮が見えてくると、庭のあちこちに枯緑色《クーリュー》の花が咲いていた。この花は独特な形状をしていて葉がない。花茎の先には細い花弁が放射状に広がり、まるで空に向かって手を広げているようだ。

これが珊瑚宮の宮花、石蒜《ヒガンバナ》である。珠蘭の瞳《ひとみ》にはそれが稀色《まれいろ》としか映らないが、鮮やかな紅色《あか》をしていると聞いた。枯緑色の花弁を眺めて、皆と同じように色の判別が出来ていたのならと悔やまれる。

主のいない珊瑚宮に人影はない。耳を澄ましても聞こえるのは風の音ばかりで、金切り声の歌が聞こえることはなかった。

(夜に来てみないとだめか。河江に頼んで部屋を交代してもらおう)

何もないことを改めて確認し、踵《きびす》を返《かえ》そうとした時である。

「おや。珍しい場所に珍しい者がいる」

静寂を割いたのは飄々《ひょうひょう》とした物言いだった。見れば、楊劉帆《ようりゅうほ》がこちらに向かっている。

「こんなところで会うなんて奇遇ですね」

「本当に。珠蘭はここで何をしているんだい？」

「少し調べたいことがあって。でも終わったので瑪瑙宮に戻ります」

「なるほど。僕も君が喜びそうな甘味を貰《もら》ったから、瑪瑙宮に届けようとしたところだ。一緒に行こうか」

こうして瑪瑙宮を目指し共に歩く。興味津々といった様子で劉帆が問う。

「君は何を調べていたんだ？　無人の宮に咲く石蒜を眺めにきたわけではないだろうに」

「瑪瑙宮と翡翠宮の宮女たちを悩ませている『歌』について調べにきたんです」

珠蘭は二人の花妃から聞いた話や、河江らの体験談を聞かせた。

「なるほどねえ。それで珊瑚宮を調べにきたわけか」

「瑠璃《るり》宮にこの噂《うわさ》は届いていませんか？」

これに対し、劉帆は首を横に振った。

「僕のところにはまったく」

今回の件も劉帆は何か知っているかと期待したが、肩透かしに終わって珠蘭は俯《うつむ》く。

その様子を観察していた劉帆は、袂《たもと》から包を取り出した。

「珠蘭、口を開けて」

「はい？」

言われるがままに口を開けた瞬間である。口中にむずりと何かが押しこまれる。

「ふぁ、ふぁひふぉ……」

もがもがと動かしながら、口に押しこまれたそれを抜き取れば、そこにあったのは枯緑色の饅頭《まんじゅう》だった。饅頭には焼印が入っているが、見たことのない形をしている。

「それ、食べていいよ」

「いいんですか？」

「貰い物だけど、僕は甘いのが好きじゃないから。君が食べるといいよ」

「ありがとうございます。では早速」

甘味に遠慮は無用とばかり、珠蘭は饅頭にかじりついた。

大変美味《おい》しい饅頭だ。皮は柔らかくすべすべで、歯を立てることが罪深く思えてしまう。中に包まれている餡《あん》は頬が落ちそうなほど甘く、しかし皮の質素な味によって餡のくどさは軽減される。調和が取れている。最高の味だ。

ひとつ、またひとつと顎《あご》を動かしながら、甘味を堪能《たんのう》する。あまりの美味しさに目を細めていると劉帆が笑った。

「君は本当に甘味が好きだな」

「はい。幸せの味がします」

「そんな顔をされるとまた餌付けしたくなるね、うん」

どうやら饅頭は一つしか持っていなかったらしい。劉帆は手をひらひらと振ってそれを示し「また今度持ってくるよ」と穏やかに言った。


珠蘭は河江の部屋を借りた。窓は珊瑚宮の方角を向いている。そうして宵も深まり高く昇った月がゆるりと高度を落とす頃、その歌は確かに聞こえた。

（これが、噂の歌）

女の声だ。甲高く叫び、それは悲鳴に似ている。

窓を開けてあたりを見渡してみるが人影はない。歌声の大きさから察するにだいぶ離れていると思うのだが、特徴的な金切り声は耳について離れない。

（毎夜これが聞こえていたら、確かに参るかもしれない）

おぼろげに聞こえてくる泣き叫ぶような歌。誰かの死を悲しむものだ。

『愛《いと》しい者が　みな死ぬ』

『帰らぬ　帰らぬ』

『幸福は　わたくしを　裏切る』

『帰らぬ　帰らぬ』

悲哀に満ちた歌声は珊瑚宮の方角から聞こえていた。
＊＊＊

河江たちが不眠で悩むのがよくわかる。歌声が止《や》んだかと思って目を瞑《つぶ》ればまた聞こえて、途切れたと思えばまた歌い出す。不規則な歌は睡眠を妨げ、あまり寝付けなかった。

大あくびをしながら厨に向かうと、よく眠れたらしい河江が満面の笑みを浮かべて珠蘭の両手を握りしめた。

「本当にありがとうねえ。今日もあたしの部屋を使っていいんだよ」

にこやかに提案されるも承諾は出来ず、返答は濁した。さすがに今日は眠りたい。

次に沈花妃の部屋に向かい、支度をする。変わらぬ一日が始まると思っていた時だ。

瑪瑙宮の宮女が、顔色を変えて沈花妃の部屋に飛びこんできた。部屋にいた花妃や珠蘭、他宮女たちも一斉に扉の方を見る。

「花妃、大変でございます」

慌てた口ぶりで宮女は頭を下げる。その体は震えていた。

「翡翠宮の伯花妃が何者かに襲われた様子」

予想外の報告に沈花妃も顔色を変える。珠蘭も息を呑んだ。

「朝、珊瑚《さんご》宮付近を散策の際、襲われたようです。翡翠宮の宮女二名が負傷し、伯花妃も怪我《けが》をしたとのこと。犯人は逃走し捕まっておりません」

宮女たちがざわつく。後宮内で事件が起きたのだ。この囲われた敷地《しきち》でよくも出来たものだ。不届き者が捕まっていないとなれば後宮内を逃げ隠れているだろう。珊瑚宮に近い瑪瑙宮に乗りこんでくることも考えられる。

「各宮の警備が増えることになりました。つきましては沈花妃も宮の中でお過ごしいただき、くれぐれも外に出ませんよう」

「……わかったわ」

青ざめた沈花妃が、ぐったりと席に着く。手も体も震えていた。

後宮は守られている場所だ。後宮を管理するのは序列一位の伯花妃だが、後宮の所持者は不死帝《ふしてい》である。ここで荒事を起こすのは不死帝に背くと同義である。その後宮内で、しかも花妃が襲われるという大事件である。沈花妃が狼狽《うろた》えるのは当然のことだった。

「お茶を用意して参ります。温かいものを飲んで落ち着きましょう」

気分を鎮めるためにと提案したのだが、沈花妃はこれに頷《うなず》かなかった。

「珠蘭、お茶はいいからお願いがあるの。伯花妃の様子を見てきて。花妃もあなたが来てくれたら心強いと思うから」

「ですが、私で力になれるのでしょうか」

「大丈夫よ。伯花妃はあなたのことを信頼している。この恐ろしい事態だからこそ、あなたが力になってあげて」

弱々しい声に背を押され、珠蘭は頷いた。


翡翠宮に着くも、珠蘭はなかなか宮内に入れずにいた。

今の後宮は厳戒態勢だ。道中では衛士に何度も呼びとめられ、所属や行き先を尋ねられた。ひりついた空気が流れていて居心地が悪い。

取り次ぎを依頼したが宮女らは忙しいのか、待ちぼうけである。

すると見覚えのある人物がやってきた。楊劉帆だ。珠蘭を見つけるなり、へらりと笑って手をあげている。

「なんだ。君もきていたのか」

「はい。沈花妃から伯花妃の力になるよう命じられまして」

「なるほど。じゃあ僕と一緒に行こう」

「劉帆もですか？」

「こういった事件があると、宦官《かんがん》の僕たちは検分の仕事が待っているからね。終わったら瑠璃宮に報告しないと。やれやれ」

　劉帆も一緒になるとは心強い。珠蘭は彼と行動することに慣れてきていた。飄々とした態度にこちらの心も休まる。今回も一緒だと思えば、心のうちがふつふつと温かくなるような気がした。

　劉帆と共に待っていると宮女がやってきた。伯花妃への目通りが可能になったらしい。

　案内された部屋では、長椅子に腰掛けた伯花妃が待っていた。

「ほう。董珠蘭に楊劉帆か。面白い組み合わせだ」

　その口ぶりは以前と変わらない。こちらが挨拶《あいさつ》する前に花妃が切り出す。

「堅苦しい挨拶はよい。おぬしがここに来たということは、沈花妃から事件の調査を依頼されたのだろう？」

「伯花妃の力になるよう命じられました」

「ありがたいことだ。珠蘭を遣わすとは、なかなかわかっている」

　くつくつと笑って、口元を扇で隠す。相変わらず仮面を着けていた。

「我の怪我はひどくない。どれも突き飛ばされた時に出来たかすり傷だ」

「それは不幸中の幸いでございました。して、負傷したという宮女たちは？」

　劉帆が問う。これに伯花妃は沈痛な面持ちで答えた。

「我をかばって斬られたからな、今日明日が山になると宮医は言うておる」

「なんてひどい……早く犯人が見つかればいいのですが」

「犯人の顔は見ていない。正確に言えば、見えなかったのだ。頭から黒の長布を被《かぶ》っていて薄暗く、判別できなかった。覚えているのは、その者が黒衣を着ていたことだけだ」

霞正城《かしょうじょう》では宮女や宦官が着る衣の色に意味がある。宦官の衣は濃い色であればあるほど上級を示し、宮女たちの衣はそれぞれの所属している宮の色だ。

だが黒や白といった色は禁忌とされている。黒は死を示す縁起の悪い色であり、死者の衣や罪人に使われるため、霞正城で黒を纏《まと》う時は限られている。

また、白は清浄を表す色だ。生や命の色と言われる。だが白色は他の色に染まりやすい。少しでも汚れれば目立ち、特に純白は穢《けが》れに染められる移り変わりの色だ。不死帝への忠義が移り変わるとして禁忌とされていた。

その禁忌色の一つ、黒である。珠蘭だけでなく、劉帆も言葉を失っていた。

伯花妃は淡々とした様子で香茶を啜《すす》る。喉《のど》を潤した後、事件について語った。

「今朝方、宮女の一人が眠れないと訴えてな。先日話した、珊瑚宮の方から歌が聞こえるというものだ。放っておこうと思ったが、今は珊瑚宮の石蒜《ヒガンバナ》が咲き頃であろう。あの場所なら朝の散歩に最適だ。怯《おび》えた宮女たちを安心させるため珊瑚宮に向かった」

珊瑚宮は無人だ。誰もいないことを宮女たちに伝えれば安堵《あんど》すると考えたのだろう。だが実際はうまくいかなかった。伯花妃は落ちた声音で続ける。

「石蒜を眺めて、帰ろうとした時だ。歌が聞こえた」

「夜ではないのに歌が？」

「我も聴いた。歌だけではなく『立ち入るな』『また殺しにきたのか』という叫びもな。どこから聞こえるのか探そうとしたが、黒衣の者が現れたと気づいた宮女に我は突き飛ばされてしまってな。その宮女は黒衣の者に斬られ、続けて隣にいた宮女も我をかばって覆《おお》い被さったが、これも斬られてしまった」

「花妃を咄嗟《とっさ》にかばうなんて機転の利く宮女だ。さすが翡翠《ひすい》宮付きというべきか」

劉帆が頷く。

気になるのは、どうやってこの場を花妃たちが切り抜けたのかである。怪我をしたのは伯花妃と宮女二人だと聞いた。この疑問はすぐ伯花妃が解消してくれた。

「我も襲われるのかと覚悟したが、それ以上はなかった。黒衣の者が赤い血のついた手を見て悲鳴をあげてな、それから林の方へ逃げていった」

そして、ため息をつく。

「幸運としか言いようがない。黒衣の者が去らなければ、我はどうなっていたことか」

「花妃がご無事で安心しました。怪我を負った宮女たちの快癒を願うばかりです」

その後は劉帆が事件について詳細を聞いていた。それを聞きながら珠蘭は考える。

(歌が聞こえたのなら、深夜に歌っている人が伯花妃を襲った犯人かもしれない)

夜半、珊瑚宮の方から聞こえる悲しい歌。同じ歌が聞こえるという証言から、歌い手が伯花妃を襲った可能性はある。不眠解消のための調査がここまでの大事になるとは。

伯花妃は気丈に振る舞っているが、宮女にかばわれたことで動揺しているのだろう。去り際、珠蘭の両の手を摑《つか》み、言った。

「犯人を必ず見つけてほしい。我の宮女たちを傷つけた者を、我は絶対に許さぬ」

仮面で隠され表情はわからないものの、重ねた手は震えている。

後宮を統べる者として動じた様子は見せられないのだろう。腹の中では、この事態に怯えているのだ。仮面で弱さを隠す花妃に、珠蘭は頭を下げた。


翡翠宮を出ると、瑠璃《るり》宮に向かうことになった。昨日、珠蘭が歌の話をしていたことで、瑠璃宮で詳細を聞かせてほしいと劉帆が提案したのだ。

瑠璃宮も警備が普段の倍に増えていた。目が覚めるような蒼海色《そうかいしょく》の門柱前に、武装した兵たちが並んでいる。彼らは珠蘭を睨《にら》みつけていたが、劉帆が先頭を歩いてくれたので難なく入ることができた。

部屋に入ってしばし待つと、海真《かいしん》と史明《しめい》がやってきた。

「はあ……またあなたですか」

人の顔を見るなり史明は嫌みを投げつけてくる。苦手な男だ。

全員が揃ったところで劉帆が翡翠宮で得た情報を報告する。皆して顔を強《こわ》ばらせ、それを聞いていた。

「後宮内で花妃が襲われた、というのは大事件だな」

一通りを聞き終えたところで顎《あご》に手を添えながら海真が唸《うな》る。

「珠蘭、瑪瑙宮の様子はどうだった？」

「事件の報に、沈花妃は動揺していました。しばらくは宮から出ることもないでしょう」

「……そうか。怖いよな、やはり」

海真としては沈花妃のことが心配なのだろう。瑪瑙宮は事件が起きた珊瑚宮に近い。此《こ》度《たび》の犯人がいつ瑪瑙宮に襲いかかるかわからない。

「今回の事件が起きる前に、奇妙な歌が聞こえると噂《うわさ》になっていました。伯花妃と沈花妃から相談を受けています」

「そうそう。それで珠蘭が珊瑚宮を調べにきていてね、僕と会ったよ」

「歌声は夜の珊瑚宮近くからと考えています。おそらく女性の声だと思いますが、悲鳴のような悲しい歌声なので確証はあまり」

「ふむ……無人の珊瑚宮か」

海真が考えこむ。だが隣に座っていた劉帆は目を輝かせて立ち上がった。

「よし。では僕と一緒に調査に行こう」

今すぐ行こうと言わんばかりの勢いだが、珠蘭はすぐに頷けなかった。史明が射貫《いぬ》くように冷ややかなまなざしをこちらに向けていたからだ。

「劉帆。自ら厄介事に首を突っこむのはやめてください」

「いいじゃないか。これは大問題だ。誰かが調査せねばならんだろう」

「相手は敵意を向けている。宮女二人と伯花妃を襲っているんですよ。あなたが襲われたらどうするんですか」

史明は、劉帆が調査に出ることを快く思っていないようだ。そしてじろりと珠蘭を見る。

「董珠蘭。今こそあなたの出番でしょう。あなたが解決してくれればいい」

「私にも首を突っ込むなと釘《くぎ》を刺すのかと思っていましたが……」

「何をばかな。危険な事態こそ使い捨ての駒が活躍する。あなたしか適任はいません」

使い捨ての駒扱いは腑《ふ》に落ちない。そのように思っているのは薄々勘付いていたが、面と向かって言われるとさすがに堪《こた》える。

「史明。呂花妃の件を解決に導いたのは珠蘭だ。そのような物言いは勘弁してほしい」

棘《とげ》が立たぬよう柔らかな声音で海真が諫《いさ》める。史明はそれ以上、何も言わなかった。

結局、珊瑚宮へは珠蘭が向かうことになった。話がまとまり瑠璃宮を後にしようとしたところで珠蘭は名を呼ばれた。

「待て。話がある」

呼びとめたのは李《り》史明だ。

「劉帆があなたに喋《しゃべ》ったそうで」

「楊苑月《えんげつ》と晏銀揺《あんぎんよう》のことでしょうか」

尋ねると、史明は頷《うなず》いた。

「知ってしまったのなら後はわかるでしょう。劉帆を危険に晒《さら》してはならない。その存在は霞《か》を変えてしまう恐れがある」

霞を変える。言葉の大きさに珠蘭は息を呑《の》んだ。

「劉帆は不死帝制度に生じた矛盾であり、いまの霞の六賢《ろくけん》は保守派と苑月派で二分されている。劉帆が殺されれば苑月派が怒り、劉帆を掲げれば保守派が黙ってはいない」

霞の六賢。その存在は劉帆も語っていた。不死帝の秘密を知り、国を動かす者たち。劉帆から聞くまで知らなかったため、民には知らせていない者たちだろう。史明の強ばった顔つきは、六賢への畏怖《いふ》が表れていた。

「私は苑月様から、劉帆を守るよう命じられている。そして不死帝に血を通わせてはならないとも」

「この国は不死帝の恐怖にて統治されたものだから、不死帝を失えば再び島は戦火に包まれる……だから血を通わせる、つまり血族制に戻してはならないと」

「察しがよくて助かりますよ」

不死帝制度の矛盾である、楊劉帆。不死帝だった男の苑月が、晏銀揺を愛してしまったために生まれた子だ。彼の存在が明るみに出れば不死帝制度を壊してしまう。霞の平穏を維持するには不死帝が必要である。ならば矛盾である劉帆を消せばよい話だ。しかし苑月はそれを選ばなかった。

「苑月様は劉帆を生かし、霞も守りたいと考えてしまったんですよ。六賢を変えようと動き、結果として六賢は二分された。この均衡は脆《もろ》く、劉帆の動き如何《いかん》で崩れてしまう」

不死帝は傀儡《かいらい》に過ぎず、国を動かすのは霞の六賢。劉帆を殺して均衡を崩せば、国は動かなくなり平穏は崩れる。また不死帝の矛盾である劉帆を掲げてもならない。それは不死帝の秘密を曝《あば》くことになり、島は再び争いが生じるだろう。

劉帆は表に出ることもできず、殺されてもならない。だから史明が守り続けてきたのだ。

「だが、劉帆はあなたと出会って変わってしまった」

史明が嘆息する。劉帆の変化というのは史明にとって快くないらしい。

「私は幼い頃から劉帆を見てきましたが、未来なんて信じるような男ではなかった。後宮での出来事も、遠い世界の物語を見るように一歩引いて笑い眺める。後宮という鳥籠《とりかご》の中でぼんやりしているだけでよかったんですよ、その方が扱いやすく守りやすいので」

隠し子として生まれた劉帆は外に出られず、後宮の中だけで過ごしてきたのだろう。今にして思えば、珠蘭を迎えに壕《ごう》にきた時、彼はひどく愉《たの》しそうだった。後宮を出られる数少ない機会だったのだろう。それも一瞬で都に戻ってしまったのだが。

後宮で生きる劉帆が可哀想《かわいそう》に思えた。幼い頃からこの場所しか知らなかったのなら、明るい未来を信じることはなかっただろう。

（似ている）

壕の中で生きてきた珠蘭と、後宮で生きてきた劉帆。閉塞《へいそく》感ある場所で生きてきたのはどちらも変わらない。

「劉帆が何かに執着するところを見たことがなかった。でもあなたが来て、劉帆を変えてしまった。誰の影響を受けたのか『この後宮を優しい場所に変えたい』と語るほど」

そこまで口にして、史明が足を止める。

振り返れば、怒りのような恨みのようなまなざしが珠蘭に向けられていた。

「不用意に近づかないでください。これ以上、劉帆があなたの影響を受けないように」

史明は力強く告げたが、珠蘭はそれを理解できなかった。

「劉帆が変わるのはよくないことなのでしょうか」

声が震える。それを聞いた史明がぴくりと眉根《まゆね》を寄せた。

「後宮に恋だの愛だの、優しいものは必要ありません。生まれるのは過ちだけです」

「そんなことありません」

珠蘭は史明を見上げ、はっきりと告げる。

「私は劉帆を信じます。彼がこの後宮を優しい場所に変えるのなら、私も手伝います」

「……世迷《よま》い言《ごと》だ」

「かもしれません。仮面をつけて表情もわからないこの国に生きるぐらいなら、不死帝に血が通って感情を取り戻した方がいい。後宮に優しさが許されてもいいと思います」

島の安寧のために不死帝が敷いた制度は、後宮の花妃たちを苦しめた。後宮に植わる毒花はそこにいる人たちを少しずつ蝕《むしば》んでいく。

沈花妃と海真。珊瑚《さんご》宮で報われない想《おも》いを隠していた呂花妃。名門の家を背負う伯花妃。帝《みかど》と妃《きさき》の許されない恋の末に生まれた劉帆。

恋や愛といったものは優しさを生む。内通罪はあれど恋人を失った呂花妃に寄り添い、恩情をかけるよう動いた伯花妃のように。

優れた記憶力は、それらの悲しみや苦しみの顔まできちんと覚えてしまう。出会った者たちの苦しみが鮮明に頭に浮かんだ。

(仮面で心を隠さず、通じあえていたのなら)

恐怖の上に成り立つ平和はまやかしだ。珠蘭はそう思う。

「不死帝に血が通っても戦火を免れる方法があるかもしれない。私は劉帆を信じます」

史明のこめかみがひくひくと跳ねる。

「なぜ劉帆を信じると断言できる？　あれの出生が罪深いものだと聞いたでしょうに」

「出生は関係ありません。劉帆の人となりを見て判断しています。でもそれは幼い頃から一緒にいる史明の方が詳しいと思いますよ」

これは珠蘭の勝手な想像だが、李史明は楊劉帆を嫌っていないと思う。冷淡な口ぶりをしておきながら彼のことを心から案じているのではないか。

（確証はないけれど、信じたい）

劉帆が、史明を信頼しているのだから。ならば珠蘭も史明を信じたいと思う。

史明は立ち尽くしたままだった。うつむき、それ以上の言葉は出てこない。

「今のあなたは劉帆を守っているんじゃなくて、楊苑月の命令を守っているだけです」

珠蘭はそう告げ、逃げるように駆けだした。なにせ相手は李史明である。何を言い返されるか恐ろしい。

（斬られなくてよかった……しばらく史明に近づかないようにしよう……）

振り返ることさえできず、だから李史明がどのような表情をしていたのか、珠蘭はわからなかった。

夕刻。珠蘭はもう一度珊瑚宮に向かった。不用意に近づくことが許されない状況ではあるが、瑠璃《るり》宮からもらった許可状を見せると中に入ることができた。珊瑚宮周辺は武装兵がいたが、中は調査が終わっているらしく人気がない。

珠蘭はまず石蒜《ヒガンバナ》の庭に向かった。

(伯花妃は石蒜を見にきて、その帰り道に襲われている)

今日も見事に放射状の細い花弁が開いている。色のわからぬ珠蘭は知識があったためこれを認識できたものの、知らなければ花と葉を間違えたかもしれない。

身を屈《かが》め、石蒜を眺めていた時である。

(おかしい)

景色が異なっている。

珠蘭は目を閉じ、記憶を辿《たど》る。集中力を高めるべく海を想像し、集中力が高まれば記憶を紐解《ひもと》く。昨日見た、珊瑚宮の庭を思い描いた。

瞳《ひとみ》を開き、いま見えている景色と昨日の記憶を見比べる。そうして違和感が生じた場所に近づくと石蒜が曲がっていた。花茎が折れている。

(誰かが折ったというより、踏んだのかもしれない)

花茎が折れたものは一本だけではない。庭の、ある方角に向けて続いていた。誰かがそこを通ったのだろう。

伯花妃やその宮女が踏み荒らしたとは考えにくい。翡翠《ひすい》宮は豪華な庭や亭がある。花を大切にするはずだ。石蒜の群生を避け、迂回《うかい》するだろう。となれば他の者だ。

折れた花茎を辿っていくと林があった。方角としては珊瑚宮と翡翠宮の間あたり。この林を奥まで進めば、いつぞや調べた黒宮《くろ》がある。立派な柳の木がある場所だ。

予感がした。林の向こうを睨《ね》めつけ、息を呑む。

(黒宮に……行ってみよう)

覚悟を決め、歩み出す。林は鬱蒼《うっそう》としていたが、誰かが通っているのか下草が踏み潰《つぶ》れている。石蒜の花弁も落ちていたことから、珊瑚宮にいた者がここを通ったのだ。

黒宮へ向かうにつれ、珊瑚宮女の殺人事件について調べていた時を思い出してしまう。悲しい事件だった。後宮を去った呂花妃の悲しそうな表情が頭に焼き付いている。

人の悲しむ顔も記憶されてしまうのが辛《つら》いところだ。簡単に思い出せてしまうから、切なさが蘇《よみがえ》ってたまらない。けれど――。

(あの事件……何か忘れてる気がする)

解決したはずの事件だが、何か引っかかっている。大事なものに気づいていないような、もどかしさがあった。

視界が開けた。林を抜けて黒宮に辿り着いたのだ。

黒宮は呪われた宮と伝えられ、後宮の者たちは滅多《めった》に立ち入らない。そのため草木はのびのびと育ち、清浄な空気が漂っている。柳の枝が垂れ、幹は凜《りん》と構えている。ここが厳かな場所のように感じられた。

まず黒宮に近寄る。禁忌色である黒から、死んでいるような印象を受ける。

珠蘭は黒い柱に触れた。

(感触が違う)

翡翠宮や瑪瑙《めのう》宮のものは滑らかな手触りだった。しかしこの柱は劣化しているのか細かなひびが入り、ざらついている。

違和感を抱き、罅《ひび》の周辺をひっかいてみる。ぽろりと薄い黒の塊が落ちた。

(黒く塗っていただけ?)

塊を手にのせ観察する。黒い塗料を塗っていたらしい。塗料が剝《は》がれたところは元の色が出ていたが、黒ではない。珠蘭の瞳に映るのは枯緑色だ。

(緑か紅《あか》か……)

袖《そで》をまくり、腕輪を出す。こういう時、色の識別ができないことがもどかしい。誰かに問うこともできず、腕輪と見比べて判別をつけるしかなかった。

翠玉《すいぎょく》の碧輪《へきりん》と紅玉《こうぎょく》の紅輪《こうりん》に刻まれた模様をなぞり、色を確かめる。

(これは紅ではないかもしれない。となれば)

もう少しで答えが得られるというところで、背後から声がした。

「綺麗《きれい》な色でしょう?」

落ち着いた、年配の声だった。振り返れば、枯緑色の襦裙《じゅくん》を着た婦人がいる。髪は綺麗に結い上げ、簪《かんざし》をさしているが、ところどころに白髪が目立つ。凜と背を伸ばした立ち姿は気品に満ち、宮女ではなさそうだ。物怖《ものお》じせず珠蘭をまっすぐ見据える様は伯花妃を彷彿《ほうふつ》とさせる。

珠蘭の記憶力にこのご婦人らしき姿は残っていない。それに後宮に勤める者としては随分と年齢を重ねている。

婦人はゆったりと微笑《ほほえ》んで柱を指さした。

「その柱、元は翡翠色ですよ。どうしてかしらね、黒く塗ってしまったのよ」

これは翡翠色だったのか。答えを得たことは嬉《うれ》しいが、油断してはならない。警戒し、珠蘭は口をつぐむ。婦人は珠蘭の姿を頭からつま先まで矯《た》めつ眇《すが》めつ眺め、首を傾《かし》げた。

「あなた、どうしてここにいらしたの？」

さて、どう答えるか。珠蘭が逡巡《しゅんじゅん》する隙に、婦人が手を取った。

「せっかくだからお茶でもいかが？　美味《おい》しい饅頭《まんじゅう》があるのよ。こんな可愛《かわい》らしいお客様ですもの。寄っていってちょうだい」

予想外にも婦人は好意的だった。皺《しわ》が刻まれた手は意外にも力が強く、珠蘭の手をがっしりと摑《つか》んでいて逃げられそうにない。

観念してそのまま黒宮へと入った。

黒宮は意外にも広いのだが、それにしては宮女の姿が見当たらない。掃除はされているが、すれ違う宮女は一人もなく閑散として静かだ。宮女の数が少ないと言われる瑪瑙宮でさえもう少し騒がしいのだが、ここはそれ以上に人がいない。

珠蘭は婦人の後をついていく。向かったのは広い部屋だった。几《つくえ》や長椅子、厨子《ずし》などが揃っている。どれも細部に装飾が施されていて、花妃の部屋と似ていた。

婦人は珠蘭を部屋に残した後、お茶と饅頭を取りに行った。どうやらそれを運ぶ宮女もここにはいないらしく、すべて一人で行っている。

「召し上がって。わたくし一人ではつまらないから、あなたが来てくれて嬉しいわ」

「……ありがとうございます」

礼はしつつも警戒を解けない。毒でも入っていれば大変なことになると考え、茶を飲まず眺めるだけに止《とど》めた。見たところ異変はない。

茶の他に差し出されたのは饅頭だ。それに目を向けたところで、珠蘭の動きが止まった。

(これ、見たことがある)

枯緑色の饅頭。頂点に押された独特の焼印。珠蘭の頭がぐるぐると巡る。優れた記憶力は容易にそれを思い出した。

(劉帆からもらった饅頭と同じ)

なぜ、ここにあるのか。まさかここで作っているわけではあるまい。それに劉帆は貰《もら》い物と話していた。

「この饅頭は、どこで手に入れたのでしょうか」

「これはね、わたくしの好物なのよ。愛《いと》しい人がわたくしのために用意してくれるの」

細めた瞳は陶酔に満ちている。珠蘭はというと『愛しい人』の単語に違和感を覚えていた。婦人がうっとりと語るので、息を呑《の》んでそれを聞く。

「たくさん頂くからわたくしも余してしまうの。これを運んでくる宦官《かんがん》にもお裾《すそ》分けしているけれど、それでも余るから、こうしてあなたが食べてくれると嬉しいわ」

「その宦官の名を教えていただけませんか？」

「ええっと……あら。何だったかしら。思い出せないわ」

誤魔化《ごまか》しているのではなく、本当に思い出せないのだろう。婦人は「困ったわ」とぶつぶつ呟《つぶや》いている。

「誰かに聞けばわかると思うんだけれど。ごめんなさいね、最近どうも物覚えが悪くて。記憶が飛んでしまうのよ」

「じゃあ思い出した時に教えてもらえれば」

珠蘭が告げると、婦人はにっこりと微笑んで頷《うなず》いた。

「ええ。それよりもあなた、帰り道は大丈夫？　送っていってあげたいけれど、わたくしはここから出られなくて。あなたのことが心配だわ」

「たぶん、大丈夫です。これを頂いたら帰ります」

「寂しいわ。でも困った時は瑠璃色の柱を目指して歩けばいいの」

瑠璃色の柱。後宮内にそれがあるのは、瑠璃宮だけだ。この黒宮から瑠璃宮へはかなりの距離がある。目指して歩くというには、遠すぎる目標だ。

「そこにはあの方がいるの。わたくしの知り合いだと伝えればご厚情をかけてもらえるはず——そうだ、名前を教えて。今度あの方がいらした時、あなたのことを伝えておくわ」

瑠璃宮に婦人の知り合いがいるらしいが、妙に引っかかる。終始笑顔でいることも気味が悪かった。

(何だろう。この違和感)

眉根《まゆね》を寄せながら婦人を眺める。怪訝《けげん》な顔をした珠蘭に気づかず、婦人が立ち上がった。

「少し待っていてちょうだい。他にも美味しいものがあったはずだから」

そう言ってこちらに背を向ける。その簪が見えた瞬間だった。

(……あ)

見覚えのある簪だ。髪に挿しているのですべての文様は見えなかったが、夾竹桃《キョウチクトウ》の花が半分ほど見えていた。夾竹桃の花は翡翠宮の宮花。しかし現翡翠宮の主《あるじ》である伯花妃のものとは限らない。

(伯花妃の簪は夾竹桃の花が四輪。先代翡翠花妃の簪は三輪だったはず)

花が三輪の翡翠簪《かんざし》は苦い思い出がある。珊瑚《さんご》宮の樹然《じゅねん》が殺された時その胸に突き刺さっていた簪だ。

(樹然は、先代の翡翠簪で刺し殺されていた。殺されたのは黒宮近くの柳の木。殺したのは水影《すいえい》だったけれど)

そしてこの黒宮の柱は、黒く塗られているだけで元は翡翠色だと言う。

(失踪《しっそう》した先代翡翠花妃。先代の翡翠簪。誰も近寄らない呪いの宮。あの婦人は——)

様々な点が繋《つな》がっていく。婦人の名が頭に浮かびかけた時、扉が開いた。

「珠蘭」

その姿を視界に捉えるなり、珠蘭の体が硬直した。

水影だ。黒衣を着て、そこにいる。

彼女は泥のような化粧を施すなどせず、堂々と顔を晒《さら》している。視覚から読み取ったそれは嫌な記憶を呼び起こした。恐怖は生じるなり一瞬にして全身を覆い、肌が粟立《あわだ》つ。

「水影……どうして」

警戒心を顕《あら》わにする珠蘭に対し、水影の冷えたまなざしが向けられる。

だが、呆《あき》れるように短く息を吐いた後、彼女は言った。

「今のうちにきて。長居されたら困る」

意外にも険は感じられなかった。記憶にある表情と一変し、敵意がない。

水影の行動が気になり、珠蘭はついていくことにした。警戒し、距離を開いて後を追う。

婦人に気づかれぬよう外に出る。しばらく歩いたところで水影が言った。

「さっき会った人にはうまく伝えておくから、ここでの出来事は忘れて。その方があんたのためになる」

「私のため？」

「……あの方は可哀想《かわいそう》なのよ」

水影は歩《あゆみ》を止めて振り返った。その表情は諦念《ていねん》で作られている。

「ねえ、あの方が誰かわかる？　気づいているなら話が早いんだけど」

「……元翡翠花妃の、晏銀揺」

伯花妃から聞いた先代翡翠花妃の名だ。それを口にすると、水影は小さく笑った。

「お見通しってわけね――そう、あの人が銀揺様。不死帝に愛されていた人よ。ここも元は翡翠宮だったの。どういう理由か知らないけれど、銀揺様は失踪したことになって、翡翠宮は新しく建て直された。今ある翡翠宮は新しく建てられたもの」

黒は禁忌の色であり、不吉なもの。さらに呪いの宮だと告げれば、誰も近寄らなくなる。翡翠宮を黒く塗ったのは銀揺を守るためだ。苑月の愛とも言える。

「銀揺様は愛されていたからね、この宮が黒く塗りつぶされても、不死帝は何度もここへ通った。けれど銀揺様を愛した不死帝は……変わってしまった」

水影は悲哀のこもった声で、話を続けた。

「二人の間に生まれた子は瑠璃《るり》宮に奪われ、ここに通っていた不死帝も来なくなった。愛が冷めてしまったのよ。そして冷めたら、どうなると思う？」

「用済み……になる？」

おそるおそる答える。そうでなければよいと願ったのだが、残念ながら水影は頷いた。

「そうよ。瑠璃宮は黒宮の宮女たちを追い詰めた。後宮から追い出すだけならいいのに、それでは口封じにならないから、勝手な理由をつけて殺していったのよ」

珠蘭が息を呑んだ。黒宮が閑散としていたのは宮女が殺されていたからなのだ。

伯花妃からは宮女たちは後宮を出たと聞いていた。だが後宮を出た後の話は何もでてこない。死んでいたのならば当然だ。

瑠璃宮は二人の子である楊劉帆を奪ったが、晏銀揺や宮女たちは邪魔になる。もしも黒宮付きの宮女が逃げ出し、晏銀揺が隠れ住んでいることを広めてしまえば――それを恐れて瑠璃宮は宮女たちの口を封じた。

珠蘭は不死帝の謎を知っているため、人が変わったように晏銀揺への関心を欠いた理由も思い当たる。だが不死帝の謎を知らない水影や晏銀揺にとっては不可解だろう。愛が冷めたと捉えるのも仕方の無いこと。急に瑠璃宮が刃《やいば》を向けてきたように思え、さぞ恐ろしかったことだろう。

「最初は宮女長が殺され、次は同じ年だった宮女。言いがかりをつけられて首を刎《は》ねられたの。瑠璃宮から人がくるたび誰かが死ぬ。唯一の希望だった不死帝と銀揺様の御子《みこ》だって瑠璃宮から戻ってこない。きっと殺されたのよ。もうあたししか残っていない」

「……水影はずっと晏銀揺に仕えていたのね」

「銀揺様を守れるのはあたししかいない。瑪瑙《めのう》宮や翡翠宮に忍び込んでいたのはそのためよ。瑠璃宮が怪しい動きをした時、あたしや銀揺様を守るため、殺される前に殺してやろうと思っていた」

水影は自らの手を握りしめる。殺される前に殺す、その決意は今も変わらないようだ。

今にして思えば、翡翠宮で水影に連れ去られた時の会話が納得できる。あの時水影は『誰に命じられて、あたしを殺しにきたの？』と問いかけていた。珠蘭が瑠璃宮の口利きで入ったことから警戒していたのだ。

珊瑚宮の樹然をここで殺した真意も納得がいった。黒宮を探る樹然は瑠璃宮からの手先に見えたのだろう。殺される前にと簪で刺したのだ。

「銀揺様は、たくさんのものを失って、今は心を失っている。今と昔の区別がついていない――だからこれ以上近寄ってはいけないのよ」

水影が黒宮の詳細を明かすということは、珠蘭に対する意識の変化があるのだろう。敵対心は感じられない。だから素直に訊《き》く。

「……水影は、私のことを心配しているの？」

問うと水影はじっと珠蘭を見つめ、それから薄く微笑《ほほえ》んだ。

「……あんたは、助けてくれそうな気がしたから」

「水影や晏銀揺を？」

「違う。他の人が黒宮のような苦しみを味わうことがいやなの。怯《おび》えた暮らしをするのはあたしたちだけで充分よ」

そう言って、悲しげに己の手を見つめる。

「だって、この手は汚れすぎちゃったから。今さら助けてもらえるなんて思ってない」

その手は震えていた。水影の向こうで、垂れた柳の枝が風に揺れている。さらさらと音を立て、それは水影の罪を責めているようでもあった。

「……珠蘭。あんたは不思議よ」

水影が歩き出す。柳の木を通り過ぎて林の入り口へと向かった。

「その瞳《ひとみ》、あたしには見えない色が見えてる。あたしにはこの後宮が鬱屈《うっくつ》とした暗い場所にしか見えないけれど、あんたなら違うものが見えているのかもね」

そう言って、水影は手を振る。珠蘭を見送った後、黒宮に戻るのだろう。来客が帰ったことで悲嘆に暮れる晏銀揺を宥《なだ》めるのかもしれない。

「元気でね。二度と来ちゃだめよ」

その言葉に珠蘭は振り返らなかった。

夜。後宮の厳重警戒は続き、各宮に武装した兵たちが配備されている。各宮にも不要の外出禁止令が敷かれていた。

瑪瑙宮はというと、馴染《なじ》みのある人物がいた。

「やあ。いい月夜だね」

楊劉帆である。珠蘭が自室に戻ると、どういうわけか部屋に劉帆がいた。珠蘭がまだ戻っていないというのに寝台に寝転び寛《くつろ》いでいる。

「不法侵入ですよ」

「いいじゃないか。君と僕の仲だろう」

「よくありません。勝手に使わないでくださいね」

図々《ずうずう》しい態度に嘆息しつつ、珠蘭は椅子に腰掛ける。

「よく史明が許しましたね。この状況なら外に出るなと言いそうですが」

「いや、言ってたとも」

あっさりと劉帆は認めた。

「夜半、珊瑚宮に歌の主を確かめにいくと告げたら、史明は怒り狂ってな。書院に閉じ込められたよ」

「閉じ込められたのなら、なぜここにいるんです？」

「無論、抜け出してきた。海真の力を借りて、ここまできたとも」

「早く瑠璃宮に戻ってください。私まで史明に怒られます」

「はは、それもいいな。二人して怒られるか」

「勘弁してください……」

しかしよく逃げ出せたものだ。史明は頭が切れる男であって、海真の力を借りたとしても逃走は難しいだろう。まして史明の性格だ。劉帆のことになれば心配性の一面が出る。抜け出すことを読んで厳重に警備しそうなものだが。

どうも引っかかる。しかし劉帆は、それよりも黒宮の件を気にかけているようだった。好奇心に満ちたまなざしが珠蘭に向けられる。

「そんなことよりも、調査はどうだい？」

「一応は調べました」

相手が楊劉帆であるから、歯切れが悪くなる。

（晏銀揺は劉帆の母だから……話さない方がいいかもしれない）

いつぞや劉帆が語った時の弱々しい姿を覚えている。水影から得た話をしていいものか躊躇《ためら》い、口を噤《つぐ》んだ。

「ふうん。何か気遣っている？　それは僕に対してかな？」

「……いえ」

劉帆は寝台から起き上がり、珠蘭に近づいた。わざわざ身を屈《かが》めて、うつむいた珠蘭の顔を覗《のぞ》きこむ。

「君、表情に出るねえ」

「見ないでください」

「こういった隠し事は下手らしい。不器用すぎて憐《あわ》れになってくるよ、うんうん」

そう言って何度か頷《うなず》いた——と思いきや。むに、と頬を引っ張られた。犯人は劉帆だ。珠蘭の両頬を摘《つ》まんで引っ張っている。

「い《痛》ひゃ《い》れ《で》ず《す》」

「おお。伸びる伸びる。普段笑わないから口の筋肉が硬くなっているのかと思ったが、そんなことはなさそうだな」

「ひ《や》ゃ《め》へ《て》へ《く》ふ《だ》は《さ》は《い》い」

「ははっ。面白い顔をしている。しかも何を喋《しゃべ》っているのかさっぱりわからん」

まったく迷惑である。珠蘭が腕を振って抵抗すると、劉帆はあっさり引っ張るのをやめた。痛みはないものの、頬を引っ張られて変な顔をしていただろう。それを劉帆に見られたことが恥ずかしく、珠蘭は顔を赤くしてそっぽをむいた。

「何するんですか。やめてください」

「いや。君が変な気遣いをしていたからね、罰として」

「そんな理由通用しません」

すると劉帆は笑って、珠蘭の頭を撫《な》でた。頬をつねったと思えば頭を撫でる。劉帆の気まぐれは理解できないが、不思議なことにいやだと思わなかった。

「心配しなくていい。僕は君が、その目で見てきたものを知りたいだけだ」

「それが劉帆にとってよくない話だとしても？」

問うと、すぐに劉帆が頷いた。

「君の目に映るものはぜんぶ知りたい。だから話してほしい。僕は君を信じているから」

いつも飄々《ひょうひょう》とし、こちらをからかってくるくせに、こういう時だけ真剣になるのはずるい。

（もし劉帆が傷ついたのなら、立ち上がれる時まで隣にいよう）

その決意が珠蘭の唇を動かす。ふつふつとこみ上げる温かな感情もあったが、それは見ないふりをした。

黒宮で得た話をする間、劉帆は表情一つ変えなかった。変化が生じたのはすべて話し終えたところである。劉帆が長い息を吐く。額を押さえる仕草から動揺が窺《うかが》い知れた。

「……子は死んだと知らされていることは把握していた。実際、宦官《かんがん》として黒宮に通っていたからね」

「やはりあの饅頭《まんじゅう》も劉帆が？」

そうであろうと予想はついていた。劉帆はあっさりと認める。

「不死帝からと言って僕が饅頭を届けている。晏銀揺は過去の妄想に囚われて、苑月の愛が失われたことを受け入れていないんだ」

「となれば、晏銀揺が『あの方』と言っていたのは苑月の頃の不死帝ですね」

「愛されていた日々だけが頭にあるのさ」

劉帆は晏銀揺の近況を知っていたようだが、彼を動じさせたのは水影が語った黒宮宮女たちのことだった。

「しかし黒宮付きの者はみな、都を出たと思っていたけれど瑠璃《るり》宮が殺していたとは……命じたのはおそらく六賢だろうね。何か理由をつけて瑠璃宮を動かしたんだろうさ」

「六賢の差し金で宮女を殺していたのなら、史明は知っていたかもしれませんね」

すると劉帆は「……だろうな」と呟《つぶや》いて、うつむいた。

「水影が瑪瑙宮に忍びこんだ理由も、珊瑚《さんご》宮の樹然を殺した理由も納得がいく。あれも黒宮を守ろうと必死だったのだろう」

「怖かったでしょうね。急に不死帝の態度が変わり、御子は奪われた。宮女仲間も次々と殺されていくのだから……次は自分の番かもしれないと怯える気持ちがわかります」

こうして真意を知れば、水影のことを恨めない。彼女が人を殺したことは事実であり、それは許せるものではない。だが彼女も、彼女なりの正義を持って行動していたのだ。

「悲しい話だ。苑月が罪を犯さなければ、誰も傷つかなかったのに――でも、」

そう呟いて、劉帆は顔をあげた。珠蘭をじいと正面から見つめる。

「最近学んだことだが、誰かを想《おも》うなというのは、案外難しいのかもしれない。自分にその気がなくとも自然と目で追ってしまうし、動向が気になってしまう。厄介なものだ」

どういう意味だろう。珠蘭は理解できず、小首を傾《かし》げるしかなかった。

劉帆は苦笑した。宥めるように珠蘭の頭をぽんぽんと叩《たた》く。

「気にするな。こっちの話だ――それで、この後はどうするつもりだ？」

この問いに対して、珠蘭は明確な答えを持っていた。すぐさま答える。

「歌を止めます」

「ほう？　伯花妃襲撃の犯人がわかった？」

「おそらく。ですが、それを瑠璃宮に伝えるかは迷っています。犯人を突き止めれば他に影響が出ますから、まずは動きを止めます。そうしなければ次々と被害が出るかもしれませんので。その後に海真や史明に相談し、判断を仰ぐつもりでいます」

珠蘭は夜半、珊瑚宮に向かうつもりだ。だが史明に釘《くぎ》を刺されているので一人でと考えている。劉帆を連れて行くつもりはない。

「史明に言われてますので、一人で行きます。絶対についてこないでくださいね」

「えー……僕も行くつもりだよ」

「やめてください。史明に怒られたくありませんから」

しかし劉帆は聞く耳を持っていないようで、腰に佩《は》いた刀を確認したりと出かける準備に忙しい。それを窘《たしな》めようとすると、劉帆が言った。

「たぶん史明はわかっているよ」

「でも逃走してきたのでは……」

「建前としてね。でも逃げることはわかっていたんだろうさ。本当に閉じ込める気だったのならもっと厳重な警備を置く。海真の力を借りても逃げられない」

その言葉に珠蘭の動きが固まる。確かにあの史明から逃げ出してきたのは違和感があった。納得はいくのだが、珠蘭が知る限り史明はそういう男ではない。どういう風の吹き回しか。怪訝《けげん》に思っていると、劉帆が続けた。

「史明も変わったんだろうさ。どこかの誰かからよい影響を受けたのかもしれないな」

そう言ってうんうんと頷く。いまだ理解していない珠蘭を見かねて「稀色の誰かがね」と付け足した。

史明と話した記憶はあれど、これが彼を変えたとはっきりわかるものはない。それにまた史明と会う時は嫌み全開で以前と変わらないのだろう。その性格が変わってくれればよいのにと胸中でぼやいた。

「ところで、歌が聞こえる頃までここにいるつもりですか」

「もちろんそのつもりさ！　ああ、沈花妃には話してあるよ。大丈夫」

何が大丈夫なものか。劉帆は図々しく再び寝台に寝転んでいる。自分の部屋に他人の、それも宦官に扮《ふん》してはいるが男がいるというのはどうにも落ち着かない。

「珠蘭。何か面白い話はないのか？」

暇を持て余しているようで聞いてくる。しかしこれといった話題は浮かばない。その様子を見かね、劉帆が語り出す。

「じゃあ暇つぶしに話をしよう。僕と史明の話だ」

珠蘭は首を動かし、劉帆の方を向く。その話には少しばかり興味があった。

「僕の生まれは語った通りだが、苑月の命で幼い頃に瑠璃宮に移された。とはいえ苑月は当時の不死帝、いつ命を落とすかわからない身。その上、僕は罪の子だ。いつ誰に殺されるかわからない。六賢の苑月派だけではなく、僕の身近に置ける従順な庇護《ひご》者が必要だと思ったのだろうな」

「それが李史明だったんですか？」

劉帆は頷いた。

「ああ。あれは僕より十も上でな、年を重ねても見た目の変わらん羨《うらや》ましいやつだ。元は奴婢《ぬひ》だ。相貌を見込んで売りにかけられ都に入った。いわゆる宦官見習いだ」

霞の民は区別されている。良民と賤民《せんみん》の大きく二つに分けられる。賤民《せんみん》は良民が持つ一部の権利を与えられない。例えば人を殺した時、賤民が良民に手を下せば死罪となるが、良民が賤民を殺しても死罪にならないことが多い。賤民になる者は、過去に罪を犯した家系であったり、霞が島統一にて支配した他国の出自であったりといった理由だ。賤民の子は賤民というのが、霞の民区別である。

珠蘭が生まれ育った聚落《しゅうらく》は辺鄙《へんぴ》なところではあったものの、元から霞の土地であった。そのため賤民として蔑《さげす》まれることはなかった。

賤民は隷僕として仕えることが多いが、相貌のよい者は都に入ることもあった。幼子から都に入り、宦官見習いとして仕える。一定の年齢になれば宦官として処置を施され下級宦官になる。賤民の出であれば下級宦官が精一杯だが、なぜか李史明は上級宦官だ。

「苑月は、忠実な部下となるよう史明を育てた。僕を守れるよう上級宦官とし、六賢に近づけさせた。それによって賤民の出自は葬られる、つまり格別の待遇だ。だから物心ついた時から僕と史明は共にいたんだ。あれは僕にとって口うるさい兄のようなものさ」

「史明は苑月との約束を守っているんですね。だから劉帆を危険な目に遭わせないようにしている」

「だろうな。他にも苑月に取り立てられ苑月派に属した者や、六賢に含まれずとも懐柔された者はいるが、史明は別格だ。あれは幼い頃から苑月を信奉している。苑月が死んでも命令通りに動く。僕のそばにいるのは苑月に忠誠を誓っているからだ」

史明のことを口うるさい兄のようだと話しながらも、二人の信条は交わらない。史明は亡き苑月のために動いているだけに過ぎないのだ。

二人の距離を隔てるのは不死帝という存在。そのことは劉帆もよくわかっているのだろう。劉帆の表情はより暗くなる。

「だが僕には……不死帝というものが、さほどよいものに思えなくなった」

ぼそりと、弱い声である。その弱さが劉帆の本心であることを示しているように。

「霞の平和は不死帝という恐怖の上に成り立っている。誰かを想う心や涙、そういった感情を仮面で押し隠している。これは本当の幸福なのかと僕は疑問に思うんだ」

「……劉帆は、どんな世が幸せだと思いますか？」

恐怖で敷いた現状は安寧のように見せかけ、血の通わぬ冷えたもの。劉帆が語るものは珠蘭にもよくわかる。だからこそ気になった。彼はどんな世を幸福と思うのか。

珠蘭の問いかけに劉帆は顔をあげた。まっすぐに見つめて、告げる。

「恐怖ではなく心で統治する。誰かを想っても許され、胸を張れるような、そんな国であれば幸せじゃないかな」

珠蘭は瞳《ひとみ》を閉じて、考える。劉帆が語るように心で統治したのなら。その平和は恐れの上にあるのではない。仮面を外し、感情を表に出し、人と人が想いあえたなら——思い浮かべて心の奥がじわりと温かくなった。

そんな世があればいいと、珠蘭も思う。

「そうですね。それは幸せな世になりそうです」

「そのためには先が遠いな。今あるものを壊しても簡単に辿《たど》り着けない」

不死帝が消えれば再び島は戦火に包まれるだろう。劉帆が語るものは簡単に至れる世ではない。わかっているから切なそうな顔をする。

珠蘭は劉帆の手を取った。ぎゅっと握りしめる。

「私は劉帆を信じます」

「へえ？　僕を信じていいの？　後悔するかもしれないよ」

「はい。私は人を見る目があると思っているので」

すると劉帆はくすりと笑った。そして空いている方の手を重ねる。珠蘭の手は劉帆の両手に挟み込まれる形となった。手のひらは熱く、しかしいやではない。

「見えない色はあるのにね」

「私が見ているのは稀色《まれいろ》と、劉帆が言いましたから」

言い返すと劉帆は「そうだったな」と小さく呟いて笑った。

外からかすかに声が聞こえる。それは二人が宮を出る合図だ。

欠け月はゆるゆると高度を落としていく。皆、寝静まっている。歌がなければ静かな夜半だっただろう。

歌は珊瑚宮の方角から聞こえた。近づけば近づくほど鮮明に聞き取れる。

距離が詰まるにつれ、緊張感が増す。歌い手は伯花妃と宮女を襲っているのだ。珠蘭も念のためにと匕首《あいくち》を借りてきたが、その出番がないことを祈るしかない。おそらくそうなったとしても珠蘭はこれをうまく使えないだろう。

歌が、聞こえる。

『愛《いと》しい者が　みな死ぬ』

『帰らぬ　帰らぬ』

近くで聞けば、やはり悲しい歌だ。愛しい人の死を嘆いている。その悲痛な叫びはこちらの心も沈ませる。

「僕の後ろで」

珊瑚宮の門前で劉帆が告げた。珠蘭が頷《うなず》いて後ろに下がると、劉帆は手提げ燭台《しょくだい》を掲げる。どうやら歌い手が中にいるのかと疑っているようだ。珠蘭は庭を指さして告げた。

「夕刻にきた時、石蒜《ヒガンバナ》が折れていました。おそらく庭にいるのかと」

「ほう。石蒜の花畑で歌っているのか。死を嘆く歌に似合いの場所だ」

二人は庭へと向かう。

一部の花は太陽が隠れれば萎《しぼ》むが、石蒜は夜でも咲く。月明かりに照らされ、花をぼんやりと映し出しているようだった。

『幸福は　わたくしを　裏切る』

『帰らぬ　帰らぬ』

『我が子　愛しい者』

『返して　返して』

歌声は花畑の中心から響いていた。そこに黒衣の者が立っている。黒の襦裙《じゅくん》に、黒い被《ひ》帛《はく》をかけている。その者はくるりくるりと舞いながら歌う。足元にある石蒜は踏み潰《つぶ》されて花茎が折れていた。

その者の姿に、劉帆と珠蘭は足を止めた。尋常ではない様子で回り、泣き叫ぶように歌う様は異様で、息を呑《の》む。言葉を発する余裕はなかった。

『この国は　幸福を　許さぬ』

『愛しい者たち　待っているのに』

その歌が、ぴたりと止《や》む。黒の歌い手は月夜を見上げ、呟《つぶや》いた。

「……苑月、苑月」

歌ではなく掠《かす》れた呟き。その声音から、歌い手の名が頭に浮かぶ。

晏銀揺──黒宮で出会った先代翡翠《ひすい》花妃であり、劉帆の母。唯一、不死帝に愛された者。

珠蘭は劉帆の方を盗み見た。ここにいる晏銀揺は正気ではない。それを目の当たりにして大丈夫なのかと案じたのだ。しかし劉帆の表情はしんと冷えていた。

「ここまで心を蝕《むしば》まれていたとはな」

「夕刻に会った時よりもひどくなっているようです」

「なおさら止めなければね。僕が行く」

視線は晏銀揺に向けたまま劉帆が言った。声は今までになく強《こわ》ばっている。

劉帆はじりじりと晏銀揺に近づいていく。石蒜の花をかき分けて歩を進めると、彼女も劉帆に気づいた。月明かりを浴びた晏銀揺の瞳がこちらを向く。

「苑月？」

そのうつろな瞳は、劉帆の姿から懐かしき面影を感じ取っている。晏銀揺は我が子が生きていることを知らない。昼間に会う劉帆は宦官《かんがん》に扮しているため、我が子だと想像もしていないだろう。劉帆の顔《かんばせ》に愛しき過去を見出し、頬を紅潮させた。

「苑月、生きていたのね」

「……晏銀揺」

苦しそうに劉帆がその名を呼ぶ。しかし晏銀揺は止まらなかった。

「ずっとお待ちしておりました。あなたが急に変わってしまったから。あなたと同じ姿をした者がね、苑月は来ないと話すの。そんなの誰が信じましょう。あなたが宮に通わなくなっても、わたくしだけは信じておりました」

彼女の瞳に映っているのは、自らの子の楊劉帆でも、宦官の楊劉帆でもない。彼女が愛した不死帝の楊苑月だ。

(夕刻に会った時と、また様子が違う)

晏銀揺は不規則に揺れ、月に照らされて映る頬は青白い。石蒜を踏みつけるのは素足だ。正気ではないのだろう。夕刻の時よりもかなりひどい状態だ。

「僕は……楊苑月ではない」

劉帆が告げた。

「何を仰《おっしゃ》るの？　あなたは苑月でしょう。わたくしにはわかります。あなたが来なくなってからもあなたのことばかり夢見ていた」

「違う。僕は苑月ではない。苑月の愛はとうに死んでいる」

歌では『愛しい者が　みな死ぬ』とあった。晏銀揺は苑月を待ち続けていたのだろう。次にやってきた不死帝は苑月ではなく態度が一変したとしても、自分を愛してくれた苑月が戻ってくるのを待っていたのだ。

(なんて悲しい話だろう)

珠蘭はぐっと拳《こぶし》を握る。劉帆の発言に狼狽《うろた》える晏銀揺を見ていられなかった。

「そんなのちがう、わたくしは待っているのに」

信じられない、とばかり後退《あとずさ》りをする。動揺した瞳が、ぱちりとこちらを向いた。珠蘭に気づいたのである。

瞬間、晏銀揺の顔色が変わった。

「あ、あ、わかったわ……苑月、違う人を想《おも》っているのね……？」

劉帆ではなく珠蘭に向けられている。嫌な予感がし、珠蘭は一歩後ろに引いた。

晏銀揺は誰の言葉も聞かず勝手な思い込みを進めていく。頭を抱え、体を震わせた。

「翡翠宮もそうよ、あれはわたくしの場所だったのに。わたくしの翡翠色と同じ衣を着たあの女め」

それは伯花妃のことだろう。晏銀揺は珊瑚《さんご》宮に来た伯花妃を見てしまったのだ。彼女が翡翠色の襦裙を着ていたことから現翡翠花妃だと気づき、そして襲ったのだ。

（犯人はやはり晏銀揺）

襲撃事件の真相は手に入れたが、晏銀揺はじりじりとこちらに詰めてくる。珠蘭を見ているようで別のものが映っているのだろう。

「あなたもわたくしから奪っていく。子供も苑月も宮女も、奪ったのはあなたね？」

「違う」

否定するも晏銀揺の虚《うつ》ろな表情には届かない。彼女はゆらりと動き、何かを取り出した。

「奪われる前に奪ってやる。それがいいわ。そうしましょう」

晏銀揺の手に握られているものが月明かりを浴びて光る。刃《やいば》だ。おそらく匕首《あいくち》だろう。それを振りあげてこちらにやってくる。

「やめろ！」

晏銀揺が振り下ろした刃は、咄嗟《とっさ》に割りこんだ劉帆によって遮られた。刃を刀で受け止め、振り払う。

「彼女は何も奪っていない！　なぜ聞き入れない！」

劉帆が叫ぶが、晏銀揺は聞こえていないかのように再び距離を詰めた。素足で石蒜を踏み抜いた際に怪我《けが》をしたのか、足から血が流れている。だが痛みを感じていないかのように歩《あゆみ》は止まらない。

「聞いてくれ、頼む」

相手は自分の母だ。引き離されたとはいえ、宦官に扮《ふん》して様子を見に通うほど大事にしていたのだ。刀を握りしめる手は、葛藤《かっとう》を示して震えていた。

もう一度晏銀揺が匕首を振り上げようとした。その隙に、劉帆が素早く地面を蹴《け》り、彼女の懐へと潜り込む。刀をくるりと返し、柄で腹部をついた。

「ぐ……」

それは堪《こた》えたのだろう。晏銀揺は苦しげに呻《うめ》き、後退りをする。

「珠蘭、逃げろ」

晏銀揺がたじろいだのを確かめ、劉帆が言う。

「あれは話が通じない。ここは何とかするから、君は安全なところへ逃げろ」

「でも劉帆を一人残しては……」

晏銀揺は劉帆と珠蘭の区別もつかなくなっている。ならば残していくわけにはいかない。

そこへ晏銀揺が襲いかかった。今度は二人の間を裂くように匕首を振りかざす。

珠蘭は地面を転がるようにして逃げ、劉帆も後ろに跳ねて躱《かわ》した。

（私も武器になるものを――）

用心して持ってきた匕首を取り出す。荒事に不慣れでも扱えると聞いていたが、いざ手にしてみれば重たい。ぎらりと光る刃は、いとも容易《たやす》く人を斬ってしまうのだろう。

波音がする。手にした刃の重みが、ぎらつきが、稀色の瞳《ひとみ》に焼き付いた記憶を勝手に呼び起こす。

匕首を手にしたことを契機に、樹然の死や水影に襲われた恐怖、自死を試みた沈花妃など死に関する様々な記憶が溢《あふ》れた。鮮明に思い起こされるがゆえに、その瞬間の焦りや恐怖といった感情まで濁流となって流れ込む。

（この道具は簡単に人を死に追いやる……怖い……）

ずば抜けた記憶力は足枷《あしかせ》となり、珠蘭を襲った。これまで冷静に観察してきた死を、誰かに与えてしまうのかもしれない。扱い方を一つ間違えれば人を傷つける。

「邪魔をしないでちょうだい！　みんな、奪っていくくせに」

悲痛な叫びに見やれば、先ほどの一撃によってさらに自我を欠いた晏銀揺が匕首を振り回している。支離滅裂な軌道は劉帆を狙うどころか自らをも傷つけてしまいかねない。

劉帆はこれを何とか受け凌《しの》ぐものの、予測できない攻撃に追いつくのがようやくだ。じわじわと反応が遅れ、表情に焦りが浮かぶ。

ついに、劉帆の刀が弾《はじ》かれた。きん、と甲高い音を響かせ、刀は石蒜の群生へ吸いこまれるように落ちていった。

「劉帆！」

珠蘭はその名を呼んでいた。悲鳴混じりのその声は劉帆に向けたものだったが、思わぬ効果を生んだ。

晏銀揺の手はぴたりと動きを止めた。血走った眼《め》は珠蘭を捉える。

「……そうよ。あなたが悪いのよ。苑月があなたを好いてしまったから来なくなったのよ。そうに違いない。だから――」

劉帆からの関心は逸《そ》れたが、今度は珠蘭に向けられている。まずい、と後退りをするも遅く、晏銀揺は突然駆け出し、こちらに向かって来た。

「許さない。苑月を返して」

「あ――」

体が竦《すく》んだ。冷静でいなければならないと考え、身を守るために匕首を構えようとする。しかしこれはうまくいかなかった。波音が止まない。記憶が珠蘭を責め立てる。どうしても刀を持つことが恐ろしい。思うように動かせず、その手からするりと、匕首が落ちた。

晏銀揺は目前まで迫っていた。武器を拾う時間は残されていない。

せめてと後退を試みるが、伸びた石蒜《ヒガンバナ》の茎で足がもつれ、その場に倒れこんだ。

（どうしよう。このままでは殺されてしまう）

晏銀揺は倒れた珠蘭を見下ろしている。打つ手はなかった。武器はもちろん、体勢もよろしくない。覚悟を決め、固く目を瞑《つぶ》る。

「やめろ！」

劉帆の、悲痛な叫びが響くと同時に、風を纏《まと》って晏銀揺の腕が振り下ろされた。

風が、吹き抜けていく。

石蒜が、揺れた。

来ると思っていた痛みは、待ってもやってくることがなかった。その代わりに、何かの気配を間近に感じる。

（……殺されて、いない？）

違和感に瞳を開く。妙に暗く、月も晏銀揺の姿もない。視界を占めるのは楊劉帆だった。

「りゅう……ほ？」

名を呼ぼうとして、けれどその声は掠《かす》れていた。彼が、覆い被《かぶ》さるようにして珠蘭をかばっていたのだ。状況を理解すればするほど、血の気が引いていく。珠蘭の体の、どこにも痛みがないから余計に、恐ろしくてたまらなかった。

劉帆は眉間《みけん》に深い皺《しわ》をよせ、苦しげな表情をしていた。

「……珠蘭、無事か」

「私は大丈夫ですが……私のせいで、劉帆が……」

冷えた空気も風の音も、聞こえない。それほど眼前の光景に意識が向けられていた。

「……そんな顔をするな」

劉帆が言うほど、珠蘭はひどい表情をしているのだろう。

今すぐに具合を確かめ、人を呼ばなければならない。怪我の程度によっては助かる。頭ではわかっているのに、この人間を失うかもしれないという恐怖が珠蘭の体を動けなくさせていた。

劉帆はゆるゆると息を吐く。どこか苦しいのか、傷が痛むのか。不安そうに見つめる珠蘭の視界で――劉帆が表情を和らげた。

「僕も無事らしい」

どういうことだ。珠蘭はずるずると身を引きずって、劉帆の陰から出る。

そこには晏銀揺がいたが、振り上げた腕は宙で止まっていた。何者かが彼女の腕を摑《つか》んで止めたらしい。誰だろうかと辿《たど》り、その姿に珠蘭は息を吞《の》んだ。

水影だ。晏銀揺の凶刃を止めたのは、彼女だった。

「……間に合ってよかった」

静かに告げる。水影の手は震えていた。

「だめかと覚悟したけど、助かったよ」

やれやれ、と呟《つぶや》いて劉帆も身を起こす。珠蘭の手を摑んで晏銀揺から離れた。

その間に水影は晏銀揺を拘束する。手にしていた匕首は地面に落ち、後ろ手に縛られた。これなら襲いかかってくることはないだろう。晏銀揺もこれ以上暴れることはできないと悟ったのか、地面に座りこみ、項垂《うなだ》れている。

距離をじゅうぶんにとっても、劉帆は珠蘭の手を離そうとしなかった。自らの背に置き、警戒している。そして晏銀揺を押さえこむ水影に問いかけた。

「最近の晏銀揺は黒宮を抜け出していたのか？」

「特に夜から明け方は混乱がひどいのよ。手は尽くしているけれどふらふらと宮を出て行ってしまうの。ここは石蒜が咲くからね」

けれど石蒜は踏み荒らされている。花が好きな者とは思えない行為だ。

「もう限界かもしれないね。黒宮の寂しさじゃ晏銀揺様を引き止められない」

水影が語った限界というのが何を意味するのか。それは唇を噛《か》んで悔しそうな劉帆の表情から察することができた。しかし水影は清々《すがすが》しい顔をして空を見上げた。

「そうなったらあたしも解放される。あたしは最後の、黒宮の宮女だから」

「捕らえられたはずの水影が釈放されたのはそれが理由なのね」

「冷淡宦官《かんがん》から、引き続き黒宮に仕えよって解放されてね。偶然あんたと会って声をかけられた時はどうしようかと焦ったよ」

冷淡宦官と聞いて浮かんだのは李史明の顔だ。それを確かめるべく、彼の名を口にしようとしたところで、後ろから足音が聞こえた。振り返れば手提げ燭台《しょくだい》の灯《あか》りが見える。

「……はあ。泳がせればやはりここですか」

うんざりとした様子で李史明が告げた。

晏銀揺に水影、珠蘭と劉帆といった面々が揃っていることから簡単に状況把握ができたらしい。史明は珠蘭たちを無視して水影の方へ寄る。

「任をこなしていただいて感謝します」

「あんたに言われて二人を助けたわけじゃない。あたしが珠蘭を助けたかっただけよ」

「結果が同じであれば経緯《いきさつ》に興味はありません」

すっかり力をなくした晏銀揺は一人で立ち上がれなくなっていた。水影と史明に両脇を支えられ、何とか身を起こす。史明はこちらを振り返り、告げた。

「黒宮に帰します。劉帆と珠蘭は戻ってください。ついてこられても面倒ですから」

「わかった。晏銀揺が二度と歌わぬよう、しっかりと見張っておいてくれ」

「劉帆に言われなくたって、そうしますよ」

史明は冷ややかに返すだけだった。

二人に支えられて晏銀揺が去る。去り際、彼女は振り返って劉帆を見た。

「ねえ、苑月。会いにきて。あなたがいれば幸福になれるから」

それは珠蘭が聞いた、最後の晏銀揺の言葉だった。

石蒜の花畑から歌い手が去り、残るのは踏み潰《つぶ》された花だけ。今さら珠蘭たちがその茎を立てたところで荒らされた花は元に戻らない。

林の方に晏銀揺たちが消えていった後、珠蘭は呟いた。

「晏銀揺はどうして黒宮を抜け出して、ここに来ていたんでしょう」

呪いの歌を紡ぐ者、伯花妃を襲った者。それらの正体や謎が解けても、一つだけわからないことがあった。なぜ晏銀揺はこの場所で苑月への愛を歌ったのか。

劉帆は珠蘭の隣に立ち、踏まれず凛《りん》と咲いた花を眺めて答えた。

「僕は晏銀揺じゃないからね、その胸中はわからないさ。でもひとつだけ知っていることがあるよ——楊苑月の好きな花は石蒜だった」

そう告げた後、彼は身を翻す。花茎を踏まぬよう手で避《よ》けながら歩いていく。

紅《あか》の花である。珠蘭の瞳にはそれが稀色にしか映らない。

(私にはわからないけれど、きっと悲しい色をしている)

この稀色は悲しい。枯緑色の花畑にて想《おも》う。

＊＊＊

数日後。瑠《る》璃《り》宮は事件解決の報を出した。伯花妃を襲った者は瑠璃宮が捕らえ処罰したという。だがその者の名や所属が明かされることはなかった。

(晏銀揺が後宮にいたことは秘密のまま……)

珠蘭はそう考えた。あれ以来、歌が聞こえてくることもない。

伯花妃襲撃事件に、瑪瑙《めのう》宮や翡翠《ひすい》宮の宮女たちの睡眠不足。これらが解決され、後宮は平穏を取り戻していた。

昼過ぎである。珠蘭は沈花妃から呼び出された。何でも瑠璃宮からの遣いが来ているらしい。その席に同席してほしいとのことだ。

(海真か劉帆だろうな)

瑠璃宮からの宦官といえば大体この二人である。部屋にはいれば海真の来訪で喜ぶ沈花妃が見られるのだろう。そう考えていた。

「失礼しま――……うわ」

部屋に入った珠蘭が悲鳴をあげたのは当然のこと。沈花妃の向かいに腰掛ける人物は海真でも劉帆でもなかった。

「人の顔を見るなりその反応はやめていただきたいですね」

冷淡に細められ、いつも不機嫌な瞳《ひとみ》。李史明である。彼は呆《あき》れて息を吐いた。そのやりとりを見ていた沈花妃はくすくすと笑い、珠蘭に向けて穏やかに告げる。

「急に呼び出してごめんなさいね。史明があなたも来るように言うものだから」

まさか史明から呼び出されるとは思っていなかった。

何か事件でも起きているのだろうかと構えながら、珠蘭も席に着く。

「たいした用でもありませんから、警戒するのはやめてください」

「はあ……でも史明がここにくるのは滅多《めった》にないことなので」

「当然です。私は瑠璃宮の者ですから――今日は渡御を報《しら》せにきただけですよ」
・それを聞くなり、沈花妃と珠蘭の動きがぴたりと止まった。史明だけは悠々とした態度で茶を啜《すす》っている。
「今晩、不死帝が瑪瑙宮に渡ります」

沈花妃の表情は凍り付いている。それもそのはずだ。不死帝がやってくることは彼女にとって好ましくない。前回は珠蘭が花妃のふりをすることで場を凌《しの》いだが、一度で済むと考えていた。こんな早く二度目があるなど思ってもいなかった。

珠蘭も狼狽《うろた》えていた。冷静になろうと努め、対応方法を考える。

重苦しい沈黙が流れるも、史明の咳払《せきばら》いがそれを打ち破った。沈花妃と珠蘭の表情を確かめて、なぜか満足そうにしている。

「恐れることはありませんよ――瑪瑙宮は前回と同じように不死帝をお迎えください」

この意図を即座に理解したのは沈花妃だった。

「それはまさか……そういう意味、なのかしら」

「好きに解釈して頂いて構いません」

「ならば勿体《もったい》ぶらず最初に言えばいいでしょう。わたくしたちを動揺させるような言い方をして、あなたって本当に底意地悪いのね」

それに史明は答えなかった。茶を飲み干し、立ち上がる。

「では。用件は終えたので戻ります」

珠蘭はいまいち状況が飲みこめずにいた。あれほど困惑していた沈花妃は今や笑みを浮かべている。いったいどういうことだろう。

部屋を出て行く史明を珠蘭が追いかけると、廊下に出たところで史明が振り返った。

「あなたも急いで準備をした方がいいですよ」

「どういう意味です？」

「そうやって眉間に皺を寄せていれば、花妃のようにはなれません」

そこでようやく珠蘭も意味を理解した。

不死帝が来る。瑪瑙宮は前回と同じように、花妃を入れ替えて出迎えろというのだ。つまり珠蘭が花妃のふりをする。

悟った珠蘭がその場に立ち尽くしていると史明は笑った。それから身を屈《かが》めて、珠蘭の耳元で囁《ささや》く。

「劉帆がきます」

簡潔な一言であった。李史明にしては珍しく、穏やかなものを秘めた声だ。

細く消えそうな月が空に昇る頃。列となった手提げ燭台の灯りが後宮を進む。不死帝がやってくるのだ。その灯りが近づくにつれ、瑪瑙宮に緊張が走る。

だが今回は違っていた。

(不死帝のふりをして、会いにくる理由は何だろう)

史明から話を聞いた後、ずっと考えていた。

ただ話にくるだけならば宦官に扮《ふん》して瑪瑙宮に来ればいい。珠蘭の部屋で話したことだってある。それが今回は不死帝になってやってくるというのだ。

何か理由があるのだろうが、考えたところでわからない。

沈花妃のふりをして待つ。しばらく待っていると扉が叩《たた》かれた。宮女が不死帝の到着を報せるものだ。

その後は前回と変わらない。不死帝を通した後は人払いをする。部屋の灯りも弱めた。

「突然悪かったな」

外に人の気配がなくなったのを確かめてから不死帝が告げる。仮面を外せば、やはり楊劉帆がそこにいた。

相手が劉帆だとわかれば、自然と珠蘭の緊張も解けた。沈花妃や海真と話すよりも気が楽だ。寝台に腰掛け、劉帆に聞く。

「史明が報せにきたので驚きました。何事かと思いましたよ」

「本当は僕が行く予定だったんだがなあ。史明が自分が行くと言い出して」

渡御の意図をなかなか伝えないものだから胃が痛くなったものだ。珠蘭だけでなく沈花妃だって冷や汗を浮かべていた。

「まあ、楽にしよう。珠蘭もその簪《かんざし》を外せばいい。重たいだろう」

「そうしたいんですが、一度外せば自分で着けられなくなりそうで」

「僕が手伝えばいい」

あっさり言ってのけ、珠蘭の髪から簪を引き抜いた。そうして戻せなくなったところで「簪を挿すのは初めてだけど」と笑っていたので、戻すのは諦《あきら》めた方がいいかもしれない。

飾りを外せば寝台に寝転ぶのも楽になる。かたや花妃のふりをした宮女、もう一人は不死帝のふりをした隠し子。それが二人して寛《くつろ》いでいるのだからおかしな光景だ。

「ところで、今日はどうしてここに」

珠蘭が訊《き》くも劉帆は天井を見上げたまま「さあ」と告げた。

何の理由もなくここに来るとは思えない。それに、引っかかることが一つ。

(楽しそうにしてはいるけれど、劉帆の表情は悲しげだ)

簪を外したりと楽しそうに笑ってはいるが、たびたび彼は悲しげに俯《うつむ》く。やはり何かあったのだろう。その様子をつぶさに眺め、察した。

「……劉帆。もしかして泣きたいのでは？」

身を起こし、問う。劉帆は「まさか」と笑いながら答えたが、その口元は震えていた。

瑠璃宮では泣くことなどできなかったのだろう。幼い頃から瑠璃宮で命を狙われてきた劉帆にとって弱みを見せることは憚《はばか》られる。ずっと隠してきたに違いない。

この国の仮面は涙も許さない。涙を一粒こぼせば仮面と顔を貼り付ける米糊《こめのり》が落ちる。

仮面は感情を隠すものだ。

だから涙など、流せない。

胸の奥にある温かなものがふつふつと揺れる。切なげな横顔がたまらず、珠蘭は劉帆の頬に触れる。

「今は私しかいないので泣いてもいいですよ」

確信はない、けれどこの人は泣きたいのだと思ったのだ。

劉帆が身を起こす。ふらりと揺れて「敵《かな》わないな」と笑った。

彼はうつむき気味で、その表情はわからない。様子を窺《うかが》おうとした時——珠蘭の肩に温かなものが乗った。劉帆が顔を埋《うず》めている。首に髪の毛がかかってくすぐったい。どうしたのだろう、と困っていると劉帆が震えた声で呟《つぶや》いた。

「晏銀揺が……死んだ」

劉帆の肩が小刻みに震えている。胸がぎゅっと締め付けられたように苦しくて、珠蘭はその背に手を回した。

何も言わず、子供をあやすように優しく背を撫《な》でる。じわりと肩が熱い。こちらに見せぬよう泣いているのだろう。

「瑠璃宮が殺したわけじゃない。元から病だった。あの人が異常なふるまいをするようになったのも病のせいでな、今日ついに……父のところへ旅立った」

晏銀揺は最後まで、子が生きていることを知らなかった。劉帆もそれを伝えることはできず他人のふりをし、涙一つ流すのも許されず母を看取《みと》ったのだ。

「水影は瑠璃宮にいる。殺さないよう手は回した。だからこれで……終わりだ」

黒宮には誰もいなくなる。あの悲しい場所から人がいなくなるのだ。

ぽたぽたと肩に涙が落ちる。

「悪い。もう少しだけ、このままで」

「大丈夫ですよ。好きなだけ、泣いてください」

「覚悟はしていたのにな……悲しくて……僕がこんな生まれでなかったら……」

今宵《こよい》は、不死帝が涙を流すための渡御。劉帆を優しく抱きしめる珠蘭の頬に、一筋の涙が落ちていく。

夜が深まり、涙の跡も乾いた頃。楊劉帆が口を開いた。珠蘭に甘えるようにして泣いた手前恥ずかしかったのかも知れない、顔を背けたまま語る。

「泣くつもりじゃなかったんだがなあ。君の顔を見たら落ち着くと思っていたのに」

「それで、落ち着きました？」

「ああ。ありがたいことにな」

寝台に腰掛けた劉帆の隣に、珠蘭も座る。距離の近さを嫌だとは思わなかった。心地よいと感じる。

「珠蘭」

劉帆は珠蘭の手を取り、こちらをまっすぐに見つめた。

「僕は……この後宮や霞を幸せにしたい。感情を抑えず、面と向かって想いを伝えられるような場所にしていきたい」

「はい。いいと思います」

「そのためには不死帝が終わりを告げ、仮面は割れるかもしれない。荒療治だな」

呆れたように劉帆が笑う。その瞳に決意が見えた。

「今は好いた人に想《おも》いさえ伝えられない場所だ。いつか理想となる場所に近づけたら、君に話したいことがある」

劉帆の秘めたるものが何であるのか、はっきりとはわからないが、その温度に似たものは珠蘭も抱えている気がした。

おそらく同じものであるから、彼が語る明るい未来が来ればよいと思う。仮面をつけず、感情を殺さず、好いた人に想いを伝えられるような場所に。

「劉帆が語るような、理想の場所はきっと――」

その場所をこの瞳に映したのなら。想像していた時、隣の劉帆が「稀色《まれいろ》だろうな」と微《ほほ》笑《え》んだ。

珠蘭も、そう思う。

「私は、劉帆と共に稀色の世を見たいです」

瞼《まぶた》を伏せて、思い浮かべる。珠蘭の記憶に焼き付いた後宮。不死帝の仮面が割れ、感情を取り戻せば、この国はどんな色になるのだろう。それは悲しみのない場所だといい。好いた者と共に幸福を味わうことができれば。

不死帝の終焉《しゅうえん》。瞼を開いた珠蘭が見るのは、稀色に輝く、美しい場所だった。

お便りはこちらまで

〒一〇二—八一七七
富士見L文庫編集部　気付
松藤かるり（様）宛
Ｎａｒｄａｃｋ（様）宛

本作は魔法のｉらんどに掲載された「稀色の仮面後宮 ―毒花の園 不死帝の罪―」を加筆修正したものです。

内容はフィクションであり、実在の人物や団体などとは関係ありません。

富士見L文庫

稀色《まれいろ》の仮面後宮《かめんこうきゅう》
海神《かいじん》の贄姫《にえひめ》は謎《なぞ》に挑《いど》む

松藤《まつふじ》かるり

2022年8月15日　初版発行
2024年11月25日　4版発行

発行者　山下直久
発　行　株式会社 KADOKAWA
〒102-8177　東京都千代田区富士見2-13-3
電話　0570-002-301（ナビダイヤル）

印刷所　株式会社 KADOKAWA
製本所　株式会社 KADOKAWA
装丁者　西村弘美

定価はカバーに表示してあります。　◆◇◇

ISBN 978-4-04-074534-3 C0193